NEBELMEER
[DAS WEISSE
MEER]
CHISIRO
Enat
R
V
YEDEAS
Lorej
Lyecenthe
ENDRA
Kari
A
TINALTAN
Marui
FAYAGIR

Astrid Vollenbruch

Über die Nebelbrücke

Astrid Vollenbruch

Einhornzauber

Über die Nebelbrücke

KOSMOS

»Es war größer als jedes Pferd,
das sie je gesehen hatte.
Sein Fell war tiefschwarz,
übersät mit weißen Punkten
wie Sterne am Nachthimmel.
Mähne und Schweif schimmerten
wie Silber.
Und auf seiner Stirn saß
ein Horn wie aus reinem Licht.«

Waterloo

Es war ein schöner, sonniger Tag, einer der letzten Tage, die sich noch nach Sommer anfühlten. Ein warmer Wind spielte in den Zweigen der Bäume im Forstwald und strich über Sonjas Wangen, als sie sich leicht nach vorne beugte und Micky antrieb. Der feurige Araberhengst schüttelte schnaubend den braunen Kopf, fiel aber auf einen leichten Schenkeldruck hin willig in Galopp.

In Wirklichkeit hieß er natürlich nicht Micky. Er trug einen edlen, stolzen, unaussprechlichen arabischen Namen, den Sonja sich einfach nicht merken konnte – obwohl sie ihn sich selber ausgedacht hatte. Also musste er sich damit begnügen, Micky gerufen zu werden, und es war ihm wohl auch ziemlich egal. Für ihn war nur eins wichtig: mit Sonja auf dem Rücken durch den Wald zu galoppieren, fern von allen anderen Menschen.

Quer über den Waldweg lag ein Baumstamm. Sonja spürte, wie Micky sich spannte. Sein Galopp wurde kraftvoller, zielstrebiger, er sammelte sich, stieß sich ab, sprang –

»Und dazu kann uns bestimmt Sonja etwas sagen, oder? Sonja, aufwachen!«

Sonja fuhr hoch. »W-was?«

Die Klasse kicherte. Frau Scheuren, die Geschichtslehrerin, musterte Sonja und sagte: »Waterloo.«

Sonja starrte sie wortlos an. Waterloo? Was sollte das sein? Was sollte sie damit anfangen? Ihr Kopf war noch voll von Sonne und Wald und dem Sprung, da war kein Platz für Ge-

schichtsunterricht. Es half ihr nichts, dass die anderen noch lauter kicherten, ihre beste Freundin Melanie sie anstieß und »Napoleon!« flüsterte. Sie fühlte sich wie benommen.
Frau Scheuren schüttelte den Kopf. »Sonja, wolltest du nicht irgendwann im nächsten Jahr versetzt werden? Dann schlage ich vor, du hörst auf, Pferde in dein Heft zu zeichnen, und passt endlich einmal auf. Also, wann war die Schlacht von Waterloo, bei der Napoleon vernichtend geschlagen wurde?«
Fieberhaft kramte Sonja in ihrem Gedächtnis.
»Äh ... 1789?«
Ein paar Streber begannen zu lachen. »1815!«, zischte Melanie, aber es war schon zu spät. Frau Scheuren wandte sich Nadine zu, die immer alles wusste und sofort die richtige Antwort gab.
Sonja sank in sich zusammen und schaute auf ihr Heft hinab. Ohne es zu merken, hatte sie Micky gezeichnet – wieder und wieder, als könnte sie ihn damit beschwören, herbeizugaloppieren und sie fortzutragen. Ganz gleich, wohin.
Sie seufzte leise. Es war ziemlich unwahrscheinlich, dass Micky jemals irgendwohin galoppieren würde. Was sie da in ihr Heft gekritzelt hatte, war ein struppiges Fass auf vier dicken Beinen. Nicht, weil sie nicht zeichnen konnte – das konnte sie sogar recht gut –, sondern weil es einfach der Wirklichkeit entsprach. Einen größeren Unterschied als den zwischen dem feurigen Araber ihrer Träume und dem alten, dicken Pony auf Frickels Waldhof konnte es überhaupt nicht geben. Falls Micky wirklich einmal galoppiert war – als Fohlen vielleicht –, hatte er es in den vierundzwanzig Jahren danach längst vergessen. Er war alt, müde, struppig, und wenn Sonja seine Hufe auskratzte, konnte es

passieren, dass er mit seinen langen gelben Zähnen nach ihr schnappte. Aber sie liebte ihn trotzdem.
Sie griff nach dem Bleistift und zeichnete sich selbst auf den Rücken des fassartigen Ponys: eine dünne Figur mit braunen Haaren. Und schon war sie wieder im Wald. Micky schwebte über den Baumstamm, als wollte er nie wieder landen. Endlich landete er doch, weich und mühelos, und galoppierte weiter, immer weiter ...
»Sonja!«
Sie zuckte zusammen und ließ den Stift fallen.
»Wie hieß die Insel, auf die Napoleon nach der Schlacht verbannt wurde?«
Insel. Eine Insel. Hilfe, was für Inseln gab es denn überhaupt? Island? Shetland? Nein, natürlich nicht. Es musste doch noch mehr Inseln auf der Welt geben! Todesmutig wagte sie eine Antwort. »Gran Canaria.«
Die Klasse brach in brüllendes Gelächter aus. Nur Melanie verzog das Gesicht und schüttelte den Kopf.
»Da hätte er sich wahrscheinlich wohler gefühlt als auf St. Helena«, sagte Frau Scheuren trocken und wandte sich jemand anderem zu.

»Manchmal bist du echt peinlich«, sagte Melanie unmittelbar nach dem Klingeln. »Gran Canaria!«
Sonja biss sich auf die Lippe. Der Spott der Klasse war ihr egal, aber vor ihrer besten Freundin hatte sie sich eigentlich nicht blamieren wollen. »Ich kann mir St. Helena einfach nicht merken«, sagte sie in dem schwachen Versuch, sich zu rechtfertigen.
»Ach Quatsch, du hattest einfach überhaupt keine Ahnung.« Das klang nicht sehr freundlich, und Sonja wurde rot.

»Das ist nicht wahr!«
»Ist es doch. Weißt du überhaupt irgendwas über Napoleon – außer, dass er nicht nach Gran Canaria verbannt wurde?«
»Na ja ...« Fieberhaft dachte Sonja nach. »Sein Lieblingspferd hieß Marengo.«
Melanie verdrehte die Augen, schnappte sich ihre Tasche und ging zur Tür. Da es die letzte Schulstunde gewesen war, waren alle anderen schon längst draußen. Sonja griff nach ihrem Rucksack und lief der Freundin nach. »Warte! Fahren wir gleich zum Waldhof?«
Melanie blieb stehen und drehte sich um. »Nein. Im Gegensatz zu dir habe ich noch etwas anderes als Pferde im Kopf. Ich gehe mit Sabrina und Nadine schwimmen.« Sie zögerte und setzte – ziemlich gönnerhaft – hinzu: »Du kannst ja mitkommen.«
»Aber heute ist doch Freitag«, sagte Sonja bestürzt. »Ich habe extra Möhren mitgenommen, und –«
»Die Ponys verhungern auch nicht, wenn du ihnen die Möhren erst morgen gibst«, sagte Melanie. »Komm schon mit! Ich habe heute wirklich keine Lust auf den Stall!«
Das klang gar nicht nach ihr. Sonja konnte sich schon denken, was passiert war. Bestimmt hatten Sabrina und Nadine auf dem gemeinsamen Schulweg wieder gegen die Ponys gehetzt. Schon seit Ewigkeiten versuchten sie, Melanie in ihre Clique hineinzuziehen, weil ihre Eltern eine Menge Geld hatten. Aber bisher hatte Melanie sich nicht davon beeindrucken lassen.
Wenigstens wollte Melanie, dass Sonja mitkam, und der Gedanke war schon ziemlich verlockend. An so einem schönen Tag war es im Schwimmbad bestimmt viel lustiger als auf dem Waldhof. Und wenn sie nicht mitging, würden Sabrina und Nadine wieder versuchen, Melanie gegen sie

aufzuhetzen. »Deine blöde Freundin mit dem Pferdetick«, würden sie sagen. »Die stinkt doch zehn Meilen gegen den Wind nach Pferdemist.«

Aber dann dachte sie an Micky und Bjarni, die alten Ponys auf dem Waldhof. Sie freuten sich immer, wenn die beiden Mädchen kamen, und wieherten los, sobald sie die Fahrradklingeln im Wald hörten.

Schnell, bevor sie es sich anders überlegen konnte, sagte sie: »Ich hab gar keine Lust aufs Schwimmen. Viel Spaß!« Sie schlüpfte an Melanie vorbei und lief den Flur hinunter.

Aber schon auf dem Weg über den Schulhof zu ihrem Fahrrad überfielen sie Zweifel. Was sollte sie tun, wenn Melanie sich tatsächlich gegen sie aufhetzen ließ? Dann war sie ganz allein. Und eigentlich wollte sie sehr gerne schwimmen gehen, nur auf die eingebildete Sabrina und die zickige Nadine hatte sie keine Lust. Aber wenn sie nicht mitging, konnten die beiden ungehindert gegen sie losziehen, und wenn Melanie sich davon beeinflussen ließ ...

... und außerdem hatte sie ihren Schwimmbeutel tatsächlich dabei. Er lag in ihrem Spind in der Schule.

Sie drehte sich um und rannte zurück. Als sie den Schwimmbeutel aus dem Spind holte und den Rucksack mit den Büchern und Möhren hineinstopfte, hatte sie doch noch einmal ein schlechtes Gewissen. Aber Melanie hatte recht – die Ponys konnten auch mal bis morgen warten. Eine Freundschaft war wichtiger. Vor allem, wenn man sonst keine Freunde hatte.

Melanie, Nadine und Sabrina schlossen gerade ihre Fahrräder auf, als Sonja angerannt kam. Als Melanie Sonja erkannte und über das ganze sommersprossige Gesicht strahlte, war Sonja sicher, dass sie die richtige Entscheidung

getroffen hatte. Und Wunder über Wunder: Selbst die beiden anderen schienen sich zu freuen. Zumindest lächelten sie freundlich, auch wenn sie Sonjas schäbiges T-Shirt und die alte Jeans ziemlich spöttisch musterten.
»Schön, dass man dich mal von den stinkenden Viechern wegkriegt«, sagte Nadine. »Vielleicht wird ja doch mal was aus dir.«
Sabrina lachte, Melanie auch. Sonja zuckte nur die Achseln. »Im Stall kann ich mit Markenklamotten ja nicht viel anfangen.«
»Wenn du welche hättest«, sagte Sabrina.
Aber der Pfeil traf nicht. Sonja hatte sich noch nie etwas aus Kleidern gemacht. »Genau. Fahren wir?«
Sie schwangen sich auf die Räder und fuhren los. Am Schwimmbad schlossen sie die Räder ab und reihten sich in die Schlange vor der Kasse ein. Es war heiß, sie schwitzten und fächelten sich gegenseitig mit ihren Taschen Luft zu. Aber als nur noch zwei Leute vor ihnen waren, wurde es Sonja plötzlich ganz kalt. Ihr Portemonnaie! Sie hatte ihr Geld nicht dabei!
Nadine und Sabrina bezahlten ihren Eintritt und gingen durch das Drehkreuz.
»Was ist los?«, fragte Melanie. »Du bist plötzlich ganz weiß! Ist dir schlecht?«
»Ich hab mein Geld im Rucksack vergessen«, stammelte Sonja. »Kannst du mir etwas leihen? Ich geb's dir gleich am Montag zurück!«
Melanie runzelte die Stirn. »Nee, du, tut mir leid, das geht nicht. Ich habe den anderen versprochen, sie zum Eis einzuladen. Musst halt zurückfahren und dein Geld holen. Du findest uns schon. Bis später – und beeil dich!« Und damit warf sie ein paar Münzen in den Automat, zog ihre Karte,

schob sich durch das Drehkreuz am Eingang und lief den beiden anderen nach.
Wie gelähmt sah Sonja zu, wie Nadine und Sabrina sich verwundert nach ihr umschauten. Sabrina fragte etwas, Melanie zuckte die Achseln und antwortete ihr, und Nadine lachte. Dann gingen die drei weg und verschwanden in der Menge, ohne sich auch nur einmal nach Sonja umzudrehen.
»Willst du hier anwachsen?«, fuhr ein schwitzender Mann sie barsch an. Sie wich aus. Ein paar Leute in der Schlange schauten zu ihr hin, jemand grinste.
Sonja drehte sich um und ging zu ihrem Fahrrad zurück. Die Lust zum Schwimmen war ihr gründlich vergangen. Und während sie zur Schule zurückfuhr, wusste sie schon, dass Melanie nie wieder mit zum Waldhof kommen würde. Jedenfalls nicht mit ihr.
Sie tauschte den Schwimmbeutel gegen den Rucksack aus und machte sich auf den Weg zum Wald.
Der ›Waldhof Frickel‹ lag dicht hinter dem Waldrand. Er war kein richtiger Hof, sondern bestand nur aus einem hässlichen grauen Wohnhaus und zwei Blechbaracken, in denen die Tiere mehr schlecht als recht untergebracht waren. In einer der Baracken hausten die Ziegen Susi und Bombe und das Schaf Wilhelmine, in der zweiten Micky und Bjarni, die beiden Ponys einer undefinierbaren Rasse. Früher hatte es auch einmal einen Schuppen mit ein paar Meerschweinchen und Kaninchen gegeben, aber die waren nach und nach von Füchsen und Mardern geholt worden, sodass der Schuppen jetzt leer stand und vor sich hinmoderte.
Sonja und Melanie hatten den Hof vor drei Jahren bei einem Spaziergang im Wald entdeckt. Es war nichts los,

außer ihnen gab es keine Besucher, und damals hatten sie sich sehr darüber gefreut. Keine anderen Kinder, die ihnen die Meerschweinchen aus den Händen rissen oder die Ponys für sich beanspruchten – klasse! Aber nachdem sie angefangen hatten, regelmäßig dort auszuhelfen, hatten sie rasch gemerkt, dass der Waldhof ohne Besucher nicht überleben konnte. Immer war zu wenig Geld für Futter und Stroh da, der Hufschmied kam nur noch, wenn er auch sofort bezahlt wurde, der Tierarzt kam überhaupt nicht mehr. Und Karl Frickel kümmerte sich nicht um seine Tiere. In der Woche warf er ihnen schon mal Futter hin, aber am Wochenende war er oft nicht da. Das Ausmisten überließ er grundsätzlich den beiden Mädchen, die sich damit das Reiten verdienten.
Sonjas Eltern, die als Pfleger im Schichtdienst in der psychiatrischen Klinik arbeiteten und sich wenig um ihre Kinder kümmerten, glaubten immer noch, dass ihre Tochter im Waldhof ›Reitstunden‹ erhielt, die sie von ihrem Taschengeld bezahlte. Sie hatte ihnen nie erzählt, dass sie fast die ganze Zeit mit Füttern und Ausmisten verbrachte und beim Reiten mit Melanie und den beiden Ponys allein war. Sie fand es ganz in Ordnung so – niemand redete ihnen dazwischen, und es war fast so, als hätte sie fünf eigene Haustiere. Zu Hause durfte sie ja nicht einmal einen Laubfrosch haben.
Sie erreichte den Waldrand und betätigte kräftig die Fahrradklingel, damit Micky und Bjarni wussten, dass sie kam. Aber die Ponys schienen sie nicht gehört zu haben, denn es kam keine Antwort. Sonja fuhr einen Abhang hinunter auf den Waldweg und klingelte noch einmal. Alles blieb still. Sie runzelte die Stirn und trat stärker in die Pedale.
Schon von Weitem sah sie das alte, abgeblätterte Holzschild

mit der Aufschrift »Waldhof« am Zaun. Hier im Wald war es immer friedlich, aber als Sonja durch das Holztor auf den Hof fuhr, wurde ihr die Stille plötzlich unheimlich. Noch nie war sie ganz allein hergekommen. Ob die Tiere gemerkt hatten, dass etwas nicht stimmte? Die Ziegen meckerten nicht, das Schaf blökte nicht, und auch Micky und Bjarni schlugen nicht wie sonst ungeduldig mit den Hufen gegen die Stalltür. Sonja lehnte ihr Rad gegen den Zaun und schaute sich um. Keins der Tiere war auf der Weide. Der alte Opel, mit dem Karl Frickel durch die Gegend fuhr, war verschwunden. Obwohl das nichts Ungewöhnliches war, fröstelte Sonja plötzlich.

»Was ist denn hier los?«, murmelte sie und rief laut: »Bjarni! Micky!«

Nur Stille antwortete ihr. Irgendwo im Wald keckerte ein Vogel, dann war es wieder ruhig.

Sonja merkte, wie sie eine Gänsehaut bekam. Etwas war hier ganz und gar nicht in Ordnung. »Micky!« Sie lief zum Stall, schob den Riegel zurück und zog die schwere Tür auf. Drinnen war es dunkel. Dreckiges Stroh lag auf dem Boden. Die Ponys waren nicht da. Auch der Sattelbaum war leer; vielleicht war jemand mit ihnen ausgeritten? Aber was war mit den anderen Tieren? Sie rannte zum Ziegenstall hinüber. Auch er war leer. Weder das Schaf noch die beiden Ziegen waren irgendwo zu sehen oder zu hören.

Vielleicht waren sie endlich alle beim Tierarzt? Susi hustete schon seit drei Wochen, Bombe war ständig scheinschwanger, Wilhelmine musste geschoren werden, und den Ponys ging es auch nicht besonders. In diesem Sommer hatten sie mehr unter der Hitze gelitten als früher. Vielleicht hatte Herr Frickel endlich eingesehen, dass es so nicht mehr ging, und hatte sie alle zum Tierarzt gefahren.

Umso wichtiger war es, dass sie in saubere Ställe kamen, wenn er sie zurückbrachte.
Sonjas Stimmung besserte sich sofort. Sie stand auf, holte eine Mistgabel und die Schubkarre und fing an auszumisten. Während der Arbeit horchte sie ständig nach draußen – hoffentlich kamen sie nicht zurück, bevor sie fertig war! Aber alles blieb still. Sonja fuhr fünf Karren Mist nach draußen und kippte sie auf den Misthaufen hinter der Scheune. Dabei stellte sie sich vor, wie die Tiere nachher schnaufend und zufrieden im sauberen Stroh wühlen würden. Bjarni und Micky bekamen natürlich die meisten Möhren, aber für die anderen blieb noch genug übrig. Und Herr Frickel würde endlich einmal freundlich lächeln und sich für ihre Arbeit bedanken. Wer brauchte schon Melanie? Der Waldhof sicher nicht. Und Sonja schon gar nicht.
Endlich waren die Ställe leer. Jetzt das saubere Stroh. Schwungvoll schob Sonja die Karre zur Scheune, zog das Scheunentor auf und blieb wie angewurzelt stehen.
Die ganze linke Seite, wo sonst die Strohballen lagerten, war leer. Rechts rostete der uralte Traktor vor sich hin, daneben lagen Trümmer eines mindestens hundert Jahre alten Mähdreschers und ein paar Blecheimer. Das war alles.
Der Traum zerstob zu nichts.
Eine ganze Weile stand Sonja nur da und starrte in die leere Scheune, weigerte sich einfach, es zu glauben. Es war, als hätte ihr jemand den Boden unter den Füßen weggezogen oder sie aus heiterem Himmel geohrfeigt. Sie konnte es noch nicht fassen.
›Sie sind weg. Sie sind alle ... einfach ... weg.‹
Dann drehte sie sich um und ging weg. Strohgabel und Schubkarre ließ sie zurück.
Sie ging geradewegs zum Haus.

Herr Frickel mochte es nicht, wenn sie in die Nähe des Hauses kamen. »Was ist los?«, schnauzte er dann. »Geht die Welt unter? Nein? Dann lasst mich gefälligst in Ruhe!« Aber erstens war er nicht da, und zweitens war jetzt sowieso schon alles egal.
Das Haus war genauso heruntergekommen wie der Rest des Hofes. In großen Stücken blätterte der graue Putz von den alten Ziegelsteinmauern. Das Dach war schief und krumm, hier und da fehlte ein Dachziegel. Der Garten war eine wuchernde Wildnis aus Disteln, Brennnesseln und kniehohem gelbem Gras.
Früher hatte es hier einen Weg ums Haus herum gegeben, aber er war längst zugewachsen. Sonja stapfte durch das hohe Gras. Halb lauschte sie noch immer nach hinten – war da ein Motorengeräusch? Kam Herr Frickel doch zurück? Sie blieb abrupt stehen und lauschte. Aber alles blieb still, nur im Wald zwitscherten die Vögel. Also ging sie um das Haus herum und trat auf die Terrasse, deren Steinfliesen von Moos und Dreck überzogen waren. Von dort konnte sie mitten in Herrn Frickels Wohnzimmer hineinschauen. Genauer gesagt, in das, was einmal ein Wohnzimmer gewesen war.
Es war leer. Nicht ein einziges Möbelstück stand in dem kahlen Raum.
Sie wollte es noch immer nicht glauben. Aber dann dachte sie an Micky und Bjarni, die schon so alt gewesen waren, dass sicher kein Händler sie gekauft hatte. Die beiden ständig kranken Ziegen. Das uralte Schaf. Er musste sie allesamt geradewegs zum Schlachter gefahren haben.
›Micky‹, dachte sie. Und heulte los.
Schlimmer konnte sich auch Napoleon nach der Schlacht von Waterloo nicht gefühlt haben.

Ein graues Pferd

Später konnte Sonja nicht mehr sagen, wann sie bemerkte, dass sich etwas verändert hatte. Irgendwann, als sie dastand und schniefend in der Hosentasche nach einem Taschentuch suchte, sah sie, dass sich in der Terrassentür etwas spiegelte. Etwas Großes, Dunkles, das trotzdem zu leuchten schien, als es sich aufbäumte und durch das hohe Gras trabte. Sie vergaß ihr Taschentuch, wischte sich die Tränen mit der Hand ab und starrte die Spiegelung an, dann drehte sie sich hastig um.

Da war nichts. Nur ein paar Zweige am Waldrand schaukelten heftig, als sei dort etwas zwischen ihnen hindurchgelaufen.

Sonjas Herz klopfte bis zum Hals. Ein Pferd! Es konnte nur Bjarni oder Micky gewesen sein – aber die waren doch viel kleiner, und keiner von ihnen würde sich je aufbäumen. »Micky!«, rief sie trotzdem und lief ein paar Schritte vorwärts. »Bjarni! Kommt zurück! Micky!«

Alles blieb still wie zuvor. Unwillkürlich schaute sie wieder zur Terrassentür hin – und da stand es in der Spiegelung am Waldrand: groß, dunkel, mit schimmernder heller Mähne und wehendem Schweif.

Langsam drehte sie sich um.

Jetzt sah sie das Pferd deutlicher – aber es sah ganz anders aus als in dem Spiegelbild. Es war nicht schwarz oder dunkelbraun, sondern von einem hässlichen schmutzigen Grau. Und es sah schlimmer aus als Bjarni und Micky in ihren schlechtesten Zeiten: bis auf die Knochen abgemagert, mit Striemen auf dem Fell, einer sehr spärlichen Mähne und einem Schweif, der wie eine Flaschenbürste aussah. Mit gesenktem Kopf stand es da; das Maul streifte ein paar Grashalme, aber es fraß nicht.

Als Sonja einen Schritt auf das Pferd zuging, warf es schnaubend den Kopf hoch und humpelte in den Wald zurück.

Sie wollte ihm folgen, aber dann warf sie einen Blick auf ihre Armbanduhr und erschrak. Fast sechs! Sie hatte den ganzen Nachmittag hier zugebracht, und nun kam sie zu spät nach Hause!

»Ich komme wieder!«, rief sie und wusste selbst nicht, warum sie das tat. Welchen Sinn hatte es, noch einmal zum Waldhof zu kommen? Ihre Mutter würde ihr ohnehin verbieten, allein in den Wald zu gehen. Aber sie wusste genau, dass kein Verbot sie davon abhalten konnte, dieses streunende Pferd zu suchen. Es war krank und verletzt und brauchte Hilfe. Und wenn sie schon Micky und Bjarni nicht mehr helfen konnte, dann doch wenigstens dem fremden Grauen.

Sie lief um das verlassene Haus herum zurück zum Stall, schwang sich auf ihr Fahrrad und radelte nach Hause.

»Melanie hat angerufen«, sagte ihre Mutter statt einer Begrüßung. »Du hast sie offenbar im Schwimmbad im Stich gelassen und bist allein zum Waldhof gefahren. Habe ich dir nicht hundertmal gesagt, dass du nicht allein in den Wald darfst? Und wie siehst du überhaupt aus? Warum kommst du so spät?« Sie wartete gar nicht ab, ob Sonja antwortete oder nicht. »Geh und wasch dich! Und wirf die Sachen in die Wäsche – du stinkst nach Pferdemist!«

Sonja versuchte erst gar nicht, es ihr zu erklären. Sie ging ins Badezimmer, zog die dreckigen Kleider aus und warf sie in den Wäschekorb. Als sie in die Dusche ging und Schweiß, Dreck und Pferdegeruch von sich abwusch, fühlte sie sich wie eine Verräterin. Nichts blieb von Micky und Bjarni übrig, nicht einmal der Geruch.
Die restliche Familie hatte schon gegessen. Sonjas ältere Geschwister Corinna und Philipp waren ins Kino gegangen, und Paul, der jüngere Bruder, hockte in seinem Zimmer und entwickelte vermutlich wieder Stinkbomben oder ähnliche Scheußlichkeiten aus dem Chemiebaukasten. Die Eltern hatten ausnahmsweise einmal gleichzeitig keinen Nachtdienst. Sie saßen im Wohnzimmer und redeten über die Patienten, über Beruhigungsmittel und Körperpflege. Sonja hörte schon lange nicht mehr zu, wenn sie das taten. Und heute interessierte es sie erst recht nicht. Sie dachte darüber nach, wie sehr dieser Tag ihr Leben verändert hatte ... und dass sie mit niemandem darüber reden konnte.
Sie aß zwei Brote mit Schinken und ging dann in ihr Zimmer. Normalerweise hätte sie jetzt sofort Melanie angerufen und ihr von Micky, Bjarni und dem seltsamen grauen Pferd erzählt. Aber das kam nicht mehr infrage. Sie würde warten, bis Melanie von sich aus noch einmal anrief. Nachlaufen würde sie ihr jedenfalls nicht – die Abfuhr im Schwimmbad war deutlich gewesen.
Weil das Nachdenken über Melanie und die Ponys nirgendwohin führte, dachte sie über das graue Pferd nach. Woher kam es? Warum sah es so schrecklich krank und verwahrlost aus? Es gab im näheren Umkreis keinen Reiterhof, und die Bauern in der Gegend hielten keine Pferde. Es musste irgendwo ausgebrochen sein. Sie holte die Tages-

zeitung aus dem Wohnzimmer und las die regionalen Meldungen und die Suchanzeigen durch; nirgends wurde ein graues Pferd erwähnt.
Über die Spiegelung dachte sie nicht weiter nach. Es musste eine Täuschung gewesen sein, irgendeine Lichtbrechung im Glas der Terrassentür. Doch in der Nacht träumte sie ein wildes Durcheinander, aus dem sie schwitzend aufwachte, und während alle anderen Bilder rasch verblassten, blieb eins deutlich und klar: das Bild eines wilden, stolzen Pferdes, das sich hoch aufbäumte und dann in einem Schleier aus Licht verschwand.

Samstags frühstückte jeder in der Familie dann, wenn es ihm passte. Als Sonja recht früh ins Esszimmer kam, saß ihr älterer Bruder Philipp am Tisch, hatte den Stuhl weit zurückgekippt und las die Zeitung, die er über den ganzen Tisch verteilt hatte. Vor ihm stand ein großer Becher Kaffee, das war sein gesamtes Frühstück.
Philipp war schon neunzehn und arbeitete als Automechaniker. Von allen ihren Geschwistern mochte Sonja ihn am liebsten. Er war schmal und dunkelhaarig wie sie und die Mutter, während der Vater, Corinna und Paul kräftig und blond waren. Und aus den Erzählungen anderer Mädchen in der Schule wusste Sonja, dass sie mit ihrem älteren Bruder echtes Glück gehabt hatte. Er war immer nett und hilfsbereit, verhöhnte sie nicht wegen ihrer Pferdeverrücktheit und brachte ihr manchmal sogar Pferdebücher mit, und er lachte über dieselben Dinge wie sie. Deshalb nahm sie es ihm auch nicht übel, dass er sie mit den Worten »Morgen, Kröte« begrüßte. Das gehörte einfach dazu.
»Morgen. Ist noch keiner wach?«
»Corinna schläft, Paul bastelt irgendwas Furchtbares aus

Streichhölzern und Sekundenkleber, und Mama und Papa haben einen Notfall in der Klinik. Unter der Zeitung ist Brot, und im Kühlschrank ist Wurst.«
»Ich hab' keinen Hunger. Ich will gleich zum Waldhof.«
Er runzelte die Stirn, schien einen Moment nachzudenken und fragte: »Reiten?«
Sie zögerte. Wenn sie einem Menschen auf der Welt von Micky, Bjarni und dem grauen Pferd erzählen konnte, dann Philipp. Aber vielleicht würde er ihr ebenso wie die Mutter verbieten, allein in den Wald zu gehen.
»Hm – ja. Das Übliche.«
»Aha.«
Das klang ein bisschen merkwürdig, aber dann sagte Philipp harmlos: »In der Küche ist noch altes Brot, das kannst du sicher für die Ponys mitnehmen.«
Das war eine gute Idee – damit konnte sie den Grauen sicher anlocken. »Ja, das mache ich.« Sie ging zur Küche, und er rief ihr nach: »He, Sonja!«
Nicht »He, Kröte!«. Sie drehte sich um. »Ja?«
»Mach keinen Blödsinn, okay?«
Was sollte das nun heißen? Sie runzelte die Stirn. »Wieso? Was ist denn?«
»Ach, nichts.« Er verschwand wieder hinter der Zeitung.
Sie wartete noch einen Moment, aber offenbar war die Unterhaltung beendet. Schließlich zuckte sie die Achseln, ging in die Küche und packte ein paar Scheiben hartes Brot in eine Tüte.
Dann verließ sie das Haus.
Der Wind war deutlich kälter als am vergangenen Tag. Der Himmel war grau, und es sah nach Regen aus. Überall verloren die Bäume schon ihr Laub. Offenbar hatte Sonja wirklich die letzte Chance verpasst, ins Schwimmbad zu gehen.

Aber das war ihr jetzt egal. Wichtig war nur das graue Pferd. Sie holte ihr Rad aus der Garage und fuhr los.

Es war ganz still im Wald. Blätter fielen, der Wind raschelte in den Zweigen und im Laub, und hier und da rief noch ein Vogel, aber diese kleinen Geräusche vertieften nur Sonjas Gefühl, ganz allein zu sein. Sie hatte zuerst von ihrem Taschengeld ein paar Möhren gekauft und war dann auf einem anderen Weg direkt zum Waldhof gefahren, obwohl die Leere dort ihr unheimlich war und sie an Micky und Bjarni erinnerte. Sie wollte nicht glauben, dass die beiden wirklich beim Schlachter gelandet waren. Fast hätte sie Philipp heute Morgen gefragt, wo sie so etwas erfahren konnte. Aber dann war ihr klar geworden, dass sie es eigentlich gar nicht wissen wollte. Vielleicht hatte Frickel die beiden ja nur verkauft, und sie kamen jetzt auf einen richtigen Ponyhof, mit anderen Pferden und besserem Gras. Solange sie nichts Genaues wusste, konnte sie immer noch träumen, auch wenn Micky für sie verloren war.
Und das graue Pferd war verletzt. Sie hatte gesehen, wie es humpelte. Vielleicht hatte es sich einen Stein eingetreten. Sonja wusste, dass solche kleinen Verletzungen schlimme Folgen haben konnten, wenn man sie nicht schnell behandelte.
Sie stellte ihr Fahrrad auf dem Hof ab, holte Bjarnis altes Halfter aus dem leeren Stall und machte sich auf den Weg um das Haus herum zum Waldrand. Schon früher hatte sie das graue, windschiefe Haus nicht gemocht, und jetzt, da es leer stand, schien es ihr geradezu feindselig zu sein. Als ob es gar keine Menschen mehr in seiner Nähe haben wollte. Wie hatte Frickel hier nur allein leben können? Vor allem nachts gruselte man sich hier doch sicher zu Tode ...

Heute war das Gras nass von der Kälte. Graue Wolken hingen tief über dem Wald; die ganze Welt war grau und trostlos. Sonja war froh, dass sie ihre Reitstiefel angezogen hatte und deshalb problemlos durch Matsch und Pfützen stapfen konnte. Am Waldrand suchte sie nach Hufspuren. Das graue Pferd war sicher schon kilometerweit entfernt, aber irgendwo musste sie ja mit der Suche anfangen.
Schon nach ein paar Minuten fand sie den ersten Abdruck. Er war rund und ganz flach, nur der Strahl des Hufs hatte ein kleines V hinterlassen. Trug dieses Pferd keine Hufeisen? Oder – Sonjas Herz schlug plötzlich bis zum Hals. Oder war es vielleicht doch Micky oder Bjarni gewesen? Aber sie war sicher, dass sie das verletzte graue Pferd noch nie im Leben gesehen hatte. Und die seltsame Spiegelung auch nicht.
›Denk nach‹, sagte sie sich schließlich streng. ›Micky und Bjarni waren beide nicht beschlagen und sind hier überall herumgelaufen. Das ist vielleicht nur ein alter Abdruck.‹
Für einen Moment kam die Erinnerung hoch: Sie und Micky, wie sie gemütlich einen Waldweg entlangzockelten – die Feenkönigin und ihr Araberhengst im traumhaften Galopp ... Nein! Nicht daran denken! Sie presste die Lippen zusammen und konzentrierte sich verbissen wieder auf die Spuren. Aber sosehr sie auch suchte, sie fand keine Spur von beschlagenen Hufen. Entweder war das graue Pferd nie hier gewesen, oder es war eben nicht beschlagen.
So folgte sie den flachen, runden Abdrücken. Einfach war es nicht, schließlich war sie weder Pfadfinderin noch Indianerin, und der Waldboden war gestern noch nicht matschig gewesen, sondern hart und trocken. Und das Laub, das seit gestern von den Bäumen gefallen war, machte es nicht leichter. Trotzdem gelang es ihr, die Spur

etwa hundert Meter weit durch den Laubwald zu verfolgen, bis sie am Rande des Tannenwaldes endete. Auf dem weichen, mattenartigen Boden unter den Tannen war nichts mehr zu erkennen.
Ratlos blieb Sonja stehen. Wohin war das Pferd gelaufen? Links, rechts, geradeaus? Der Wald war so groß, es konnte überall sein. Angeblich gab es sogar Wildschweine hier, eine ganze Rotte. Wenn die sich schon so gut verstecken konnte, dass niemand außer den Förstern sie je sah, wieviel einfacher war es dann für ein einzelnes graues Pferd, sich zu verstecken?
›Quatsch‹, dachte sie. ›Vor mir hat es sich ja auch nicht versteckt. Es wollte bloß nicht eingefangen werden. Es ist scheu, aber kein wildes Tier wie ein Wildschwein oder Reh.‹
Zum ersten Mal an diesem Tag dachte sie an Melanie. Es wäre so viel schöner, mit ihr zusammen auf die Suche nach dem Pferd zu gehen. Sie würden einfach Ronja Räubertochter und Birk Borkassohn spielen, die sich an die Wildpferde heranschlichen. Schließlich hatten sie das auch oft gespielt, wenn sie Micky und Bjarni von der Weide geholt hatten, um auszureiten ...
Aber Melanie war ja jetzt mit Nadine und Sabrina befreundet. Und Sonja wollte eher für den Rest ihres Lebens allein durch den Wald irren, als Melanie nachzulaufen.
Aber wo sollte sie jetzt suchen?
Irgendwo im Wald bellte ein Hund. Es klang schrill und hysterisch, und für einen Moment verstummten die Vögel. Dann zwitscherten sie weiter. Sonja folgte einer Schneise durch den Tannenwald und versuchte, nicht an die Wildschweine zu denken, die sich hier vielleicht irgendwo versteckten.
Plötzlich hörte sie raschen, dumpfen Hufschlag auf dem

Waldboden und blieb wie angewurzelt stehen, während sie herauszufinden versuchte, woher das Geräusch kam. Es war hinter ihr – und schon ganz nahe. Hastig drehte sie sich um. Keine zehn Meter von ihr entfernt trat das graue Pferd zwischen den dunklen Tannen hervor. Als es sie bemerkte, hielt es jäh an, hob den Kopf und starrte zu ihr hin.
Es war hässlich. Das hatte sie vorher schon gesehen. Das Fell war struppig und ungepflegt und sah aus, als hätte sich das Tier im Dreck gewälzt. Der zottige Behang an den Fesseln war zu einer matschigen Masse verklebt. Von Schweif und Mähne waren nur noch ein paar Strähnen übrig. Das war alles nicht so schlimm und lag wohl nur an mangelnder Pflege. Schlimmer waren die dicken, blutigen Peitschenstriemen über Schultern und Flanken des Tieres. Und die eitrige, entzündete Verletzung am linken Vorderbein. Der Hals war zu dünn, der Kopf klobig und schwer, und irgendwie sah das ganze Tier ... falsch aus. Für ein Pony war es zu groß und für ein Pferd zu klein, und überhaupt glich es keiner einzigen Rasse, die Sonja je in ihren Büchern gefunden hatte.
Aber während Sonja dastand und das Pferd anstarrte, geschah etwas Sonderbares. Sie wusste plötzlich, wie es sich anfühlte, das struppige Fell zu streicheln. Sie wusste, dass dieses Pferd es liebte, an der Stirn gekrault zu werden, und dass es an der linken Flanke kitzlig war. Sie wusste auch, wie es sich anfühlte, es zu reiten, und dass es den armen alten Micky mit seinen stämmigen Ponybeinen kilometerweit hinter sich lassen würde. Sie kannte dieses Pferd – und es kannte sie. Es blieb reglos stehen, als sie langsam näher kam; dann senkte es den Kopf und wieherte leise, halb schnaubend. Und Sonja verstand dieses Wiehern, als seien es Worte gewesen.

Endlich bist du da.
Sie hatte es fast erreicht, als plötzlich der Hund wieder bellte – ganz in der Nähe. Das Pferd riss den Kopf hoch und scheute, und dann lief es fort, in einem humpelnden, stolpernden Trab, der zu deutlich verriet, wie sehr sein Bein schmerzte. Es verschwand zwischen den Tannen, und gleich darauf jagte der Hund über den Weg und hinter ihm her. Es war ein großer Mischling, eine Kreuzung zwischen Schäferhund und Jagdhund, und er kümmerte sich weder um Sonja noch um die Rufe und Pfiffe seines Besitzers, der auf dem Hauptweg stehen geblieben war.
Sonja wurde es heiß und kalt zugleich. Normalerweise hatte sie Angst vor Hunden, aber dieser Köter jagte ihr Pferd! Ohne sich zu besinnen, rannte sie hinterher – gerade rechtzeitig, um ein schmerzliches Aufheulen zu hören. Das Pferd wieherte, es klang scharf und triumphierend. Dann kam der Hund wieder in Sicht. Er humpelte jetzt ebenso stark wie seine ›Beute‹; der ganze linke Vorderlauf war wie von etwas Scharfem aufgerissen. Ohne Sonja zu beachten, hinkte er winselnd zu seinem Herrn zurück.
Sonja schaute in die Richtung, in der das Pferd verschwunden war, und sah etwas, das sie nie vergessen würde: einen großen Schatten aus Schwarz und Silber, der wie schwerelos zwischen den Bäumen davontrabte. Nicht eine Spur von Lahmheit war an ihm, und auf seiner schwarzen Stirn leuchtete ein silbernes Licht.

Ein schlimmer Tag

An diesem Samstag wachte Melanie mit einem schlechten Gewissen auf. Sie wusste genau, wie schäbig sie sich Sonja gegenüber verhalten hatte. Aber wie hätte sie Sonja erklären sollen, dass sie Sabrina und Nadine schon in der Schule versprochen hatte, sie zum Eis einzuladen? Dafür war fast ihr ganzes Taschengeld draufgegangen, denn natürlich war die Angelegenheit nicht mit zwei Bällchen Vanilleeis erledigt gewesen. Nein, Spaghettieis und ein Erdbeerbecher mussten es sein. Für Melanie selbst war gerade mal eine Zitronenwaffel übrig geblieben. Aber dafür waren Sabrina und Nadine unheimlich nett gewesen. Es war einfach zu verlockend, mal nicht die Außenseiterin zu sein. Mit Sonja hatte sie da keine Chance.

Aber trotzdem hatte die Freundin ihr gefehlt, und da sie Sonja gestern nicht erreicht hatte, rief sie heute eben noch mal an.

»Philipp Berger« meldete sich eine Stimme am Telefon, und Melanie hätte am liebsten gleich wieder aufgelegt. Vor Sonjas großem Bruder hatte sie ein wenig Angst – immer wenn sie ihn traf, war er kühl, spöttisch und herablassend. Dabei erzählte Sonja immer, wie nett er sei. Melanie fand das nicht. Sie fand nur, dass er gut aussah. Aber nett? Nie im Leben.

»Hallo«, sagte sie nervös. »Hier ist Melanie. Kann ich – ist Sonja da?«

»Sonja?«, wiederholte Philipp gedehnt, als hätte er noch nie etwas von einer Person namens Sonja gehört. Dann schien er sich zu ›erinnern‹. »Ach ja. Die ist zum Waldhof gefahren. Vermutlich mit ihrer Freundin Melanie.«

»Was?«, fragte sie verblüfft. »Aber Melanie bin doch ich!«

»Dann seid ihr schon zusammen unterwegs. Sonja fährt nicht allein in den Wald.«

Mit dieser Logik war Melanie überfordert. »Aber –«

»Sag ihr schöne Grüße von mir.« Er legte auf, und Melanie blieb verwirrt und wütend zurück – wie immer. Obwohl sie gar nicht so genau wusste, worüber sie sich eigentlich ärgerte. Dieser arrogante Blödmann!

Dann schob sie die Gedanken über Philipp beiseite und dachte an Sonja. War sie wirklich allein zum Waldhof gefahren? Oder war sie auf dem Weg zu Melanie, damit sie zusammen hinfahren konnten? Dann musste sie ja gleich ankommen, und Melanie konnte ihr alles erklären. Sie wohnten ja nur fünf Minuten mit dem Fahrrad voneinander entfernt.

Während sie ihre abgewetzte Reithose und die Reitstiefel anzog, überlegte Melanie, was sie sagen wollte. »Nadine und Sabrina sind ganz schön zickig. Ich wäre viel lieber mit dir zum Reiten gefahren ...« Nein – selbst in ihren eigenen Ohren klang das gelogen. Schließlich hatte sie Sonja gestern ganz schön abgefertigt. Sie würde sich schon entschuldigen müssen.

Nach zehn Minuten wurde sie ungeduldig. Warum kam Sonja denn nicht? Ein Blick aus dem Fenster zeigte nur die Straße, auf der ein paar Nachbarjungen Fußball spielten.

Noch immer nichts. Melanie warf einen Blick auf die Uhr. Selbst wenn Sonja sich am Kiosk noch ein Eis gekauft hatte, hätte sie längst da sein müssen.

›Und wenn ihr etwas passiert ist?‹

Vor fünf Jahren war im Forstwald eine Frau überfallen worden. Der Täter war zwar gefasst worden, und danach war auch nie wieder etwas passiert, aber der Forstwald galt seitdem trotzdem als ein Ort, an dem alle möglichen schlimmen Dinge passieren konnten und von dem man sich fernhalten sollte. Melanies Mutter hatte ihr strengstens verboten, dort jemals allein hinzufahren.
Rasch schob sie den Gedanken weg, aber trotzdem schaute sie immer wieder unruhig auf die Uhr.
Nach einer halben Stunde war Sonja noch immer nicht da. Melanie schnappte sich ihre Reitkappe, warf die Haustür hinter sich zu, schloss ihr Fahrrad auf und machte sich auf den Weg zum Waldhof. Schließlich – was sollte dort schon Böses passieren? Das Schlimmste, was es dort gab, war Karl Frickels schlechte Laune, und die konnten sie problemlos ignorieren.

Das Wetter war eklig – nass und kalt, eine graue Wolkendecke lag tief über dem Land, als hätte es den Sommer nie gegeben. Zum Glück wehte fast kein Wind. Melanie strampelte sich ordentlich ab, um sich zu wärmen. Bei so einem Wetter würden sie sowieso nicht ausreiten, sondern bei den Ponys in der Box hocken, Sättel und Zaumzeug einfetten und sich unterhalten. Zumindest würden sie das tun, wenn sie sich nicht gestern beide so blöd verhalten hätten. Aber Sonja war eigentlich nicht nachtragend.
Melanie fuhr mit Schwung eine kleine Anhöhe hinauf. Von hier waren es nur noch fünfzig Meter bis zum Waldrand und knapp hundert Meter bis zum Hof. Sonja war bestimmt schon dabei, die Ponys zu putzen. Melanie würde sich einfach entschuldigen und –
Da lag jemand.

Melanie trat so hart in die Bremse, dass sie fast über den Lenker flog.
Am Waldrand lag ein Junge, etwa so alt wie sie. Er war trotz der Kälte barfuß und trug nur ein dreckiges braunes Hemd und eine mindestens ebenso dreckige Hose. Seine blonden Haare waren schon lange nicht mehr geschnitten worden und hingen ihm wirr ins Gesicht. Er lag zusammen gekrümmt im Gras unter den Bäumen und zitterte am ganzen Körper.
Melanie war starr vor Schreck. Was sollte sie tun?
»Hallo?«, rief sie zaghaft.
Der Junge zuckte zusammen und blickte auf. Einen Moment lang sah er völlig verblüfft aus, dann verzog sich sein Gesicht zu einer wütenden Grimasse, und er rief ein paar Worte, die zornig und befehlend klangen – aber in einer fremden Sprache.
»Was?« Sie schob ihr Rad auf den Jungen zu. »Ich habe kein Wort verstanden. Was hast du gesagt? Bist du verletzt?«
Er antwortete nicht und schaute sie nur finster unter zusammengezogenen Brauen an. Aber so etwas jagte Melanie keine Angst ein – schließlich hatte sie zwei jüngere Cousins, gegen die sie sich jederzeit durchsetzen konnte. »Hör mal, wenn das Türkisch war, kann ich eine Freundin von mir holen. Was ist los mit dir? Was ist passiert?«
Er hörte zu und schien wenigstens den Tonfall zu verstehen. Wütend zeigte er auf seinen rechten Fuß.
Melanie schaute hin und bemerkte, dass der Fußknöchel dick angeschwollen und dunkel verfärbt war. »Oh Mist. Du hast dir den Fuß gebrochen? Und seit wann liegst du hier herum? Sonja müsste dich doch gesehen haben – warte, ich rufe meine Mutter an, sie soll einen Krankenwagen oder so was –«

Sie brach ab. Während des Sprechens hatte sie ihr Handy aus der Tasche gezogen. Die Augen des Jungen wurden groß, er zuckte zusammen – und dann bewegte sich blitzschnell seine Hand zur Hüfte, und er riss ein Messer vom Gürtel. Und das war nicht etwa ein Schweizer Taschenmesser oder dergleichen, sondern ein gefährlich aussehendes Ding mit einer mindestens zwanzig Zentimeter langen Klinge. Vor Schreck ließ Melanie das Handy fallen und wich zurück.

»Bist du verrückt geworden?«, schrie sie ihn an. »Was soll das denn?«

Er stieß ein paar Worte hervor, die fast wie ein Knurren klangen, und machte ein paar ruckartige Bewegungen mit dem Messer. Weg von dem Handy! So viel konnte Melanie verstehen, nur – was das sollte, begriff sie überhaupt nicht.

»Du bist ja bescheuert«, sagte sie wütend und ging vorsichtshalber drei Schritte zurück. »Bleib doch hier liegen mit deinem blöden Fuß! Mir ist es doch egal!«

Er knurrte wieder. Melanie wurde es etwas unheimlich zumute. War dieser Junge vielleicht wirklich verrückt? Irgendetwas Seltsames war an ihm, aber sie konnte nicht sagen, was es war – das Messer zog all ihre Gedanken auf sich. Am liebsten wäre sie schnell weggefahren, aber sie konnte das Handy nicht einfach hierlassen.

Sie machte einen Schritt auf den Jungen zu. Er hob das Messer und knurrte wie ein Wolf.

Das war zu viel. Sie drehte sich um, lief zu ihrem Fahrrad, hob es auf und drehte auf dem Weg um. Der Junge rief ihr etwas nach. Es klang wie: »Warte!« Aber das konnte nicht sein, schließlich sprach er gar kein Deutsch. Melanie stieg auf und radelte davon, ohne sich noch einmal umzusehen. Mit solchen Dingen kannten sich die Erwachsenen besser aus. Sie würde ihrer Mutter von dem Jungen erzählen, und die würde sich dann darum kümmern.

Sonja kam zwei Stunden später nach Hause. Sie hatte zwischendurch Sirenengeheul gehört, sich aber nicht weiter darum gekümmert, und als sie über das Feld radelte, lag niemand mehr am Waldrand. Sie duschte, zog sich um und verschwand in ihrem Zimmer, um alle ihre Pferdebücher nach einer Rasse abzusuchen, die so aussah wie ihr geheimnisvolles graues Pferd.
Als sie gerade das fünfte Buch durchblätterte und sich an einem Abschnitt über Kaltblüter festgelesen hatte, platzte Paul herein – wie immer ohne anzuklopfen. »Melanie ist am Telefon«, verkündete er. »Sie klingt ganz komisch.«
Sonja blickte von ihrem Buch auf. »Wie, komisch?«
»Na, komisch halt. Sie hat ihr Handy verloren.«
»Das ist alles?« Melanies Handy war das Letzte, was Sonja im Augenblick interessierte. Konnte sie sich nicht einfach entschuldigen? Sonja hätte ihr so gerne alles erzählt. Andererseits wusste sie noch gar nicht, wie sie es erzählen sollte. Micky und Bjarni weg, der Waldhof verlassen – das war so schlimm, dass es sich am Telefon ganz schlecht besprechen ließ. Und alles andere ... Ein graues Pferd und sein schwarzsilberner Schutzgeist? Wer würde ihr das glauben? Alle würden nur sagen, sie sei endgültig übergeschnappt. Wenn Melanie es nun in der Schule weitertratschte ... nein, sie musste erst in Ruhe über alles nachdenken.
»Ich bin nicht da«, sagte sie und steckte die Nase wieder in ihr Buch.
Paul riss die Augen auf. »Habt ihr euch gezankt?«
»Quatsch. Sag einfach, dass ich nicht da bin.«

»Okay«, sagte Paul und verließ das Zimmer wieder – wie immer, ohne die Tür zuzumachen. Sonja überkam eine fürchterliche Ahnung, die sich im nächsten Moment bestätigte.

»Sonja sagt, es ist ihr egal und sie ist nicht da«, sagte Paul am Telefon. Dann hörte er ein paar Sekunden lang zu, sagte »Okay«, legte auf und kam zurück, übers ganze Gesicht grinsend.

»Melanie sagt, wenn du wieder da bist, soll ich dir sagen, dass du eine ganz blöde bescheuerte Zicke bist.«

»Und du bist eine Mistkröte!« Das Buch konnte sie nicht werfen, weil es sonst kaputtgegangen wäre. Aber mit einem Schuh ging es, und Paul zuckte blitzschnell zurück, als der Schuh dicht neben seinem Kopf gegen die Tür krachte. »Blöde bescheuerte Zicke«, sagte er genießerisch, wich auch dem zweiten Schuh aus und flitzte in sein Zimmer. Natürlich ließ er die Tür offen. Sonja schmetterte sie hinter ihm ins Schloss, drehte den Schlüssel herum und warf sich wieder auf ihr Bett.

Alles ging schief! Sie hatte bloß ein bisschen Zeit gewinnen wollen, und jetzt dachte Melanie, sie ließe sich verleugnen. Jüngere Brüder waren wirklich die Pest!

Sollte sie Melanie anrufen? Wenn sie es nicht tat, war der Bruch vielleicht endgültig. Und so viele Freundinnen hatte sie nicht, dass sie sich das leisten konnte. Keine Einzige, um genau zu sein.

Kurz entschlossen – bevor ihr Stolz es sich wieder anders überlegen konnte – schloss sie die Tür wieder auf und marschierte zum Telefon. Aber jetzt war es schon wieder besetzt. Corinna, Sonjas ältere Schwester, lag der Länge nach rücklings auf dem Dielenboden, hielt den Hörer ans Ohr und lächelte verträumt zur Deckenlampe hoch. Sonja kann-

te diesen Ausdruck. Er bedeutete, dass das Telefon für die nächsten zwei Stunden nicht zur Verfügung stand und Corinna wieder eklige Lippenstiftherzchen rings um den Badezimmerspiegel malen würde.
Sie warf einen Blick in die Küche. Kein Abendessen weit und breit, und es war erst halb sechs. Zeit genug, um schnell zu Melanie zu fahren und die Sache zu klären.
Aber das geheimnisvolle graue Pferd würde sie aus der Erzählung heraushalten. Niemand würde davon auch nur ein Wort glauben, und es gehörte ihr allein.
»Ich fahre noch mal kurz zu Melanie«, sagte sie zu Corinna, die ihr zwar nicht zuhörte, aber trotzdem ungeduldig mit der Hand wedelte, weil sie nicht gestört werden wollte.

Melanie wohnte mit ihrer Mutter und ihrem Stiefvater in einem weißen Bungalow drei Straßen von Sonjas Mehrfamilienhaus entfernt. Melanies Mutter, Frau Vittori, war Anwältin, ihr Mann war Richter. Sonja konnte beide nicht leiden, seit Philipp einmal wegen eines frisierten Mopeds zu einer Geldstrafe verurteilt worden war, und sie hielt sich deshalb nicht mehr gerne in dem Haus auf. Meistens holte sie Melanie dort nur ab und ging ihren Eltern möglichst aus dem Weg.
Heute gelang ihr das nicht. Als sie an der Tür klingelte, öffnete Melanies Mutter. Sie trug wie immer ein schickes Kostüm, als sei sie gerade einer Modezeitschrift für erfolgreiche Frauen entstiegen. »Oh«, sagte sie ziemlich kühl. »Hallo, Sonja.«
Sonja warf einen Blick an ihr vorbei in den Flur, aber Melanie war nirgends zu sehen. »Kann ich zu Melanie?«
»Du kannst erst einmal Guten Tag sagen.«
Sonja wurde rot. »Guten Tag.«

»Und nein, du kannst nicht zu Melanie. Sie hat bis morgen Abend Hausarrest, weil sie ihr Handy verloren hat. Die Karte war ganz neu. Und du wirst sie auch nicht anrufen. Ich weiß, dass sie von dir nur ein Alibi will.«

»Sie hat ihr Handy verloren?« Sonja verstand gar nichts mehr. Was hatte das mit ihr zu tun?

»Ach, das weißt du gar nicht?« Das klang plötzlich lauernd. »Dann wart ihr beide heute gar nicht zusammen im Wald?«

»Nein«, fing Sonja an und merkte zu spät, dass das die ganz falsche Antwort gewesen war. »Ich meine – doch, wir wollten zum Waldhof, ich meine –«

»Aha«, sagte Frau Vittori. »Du weißt aber doch sicher, dass der Waldhof letzten Dienstag wegen der katastrophalen hygienischen Zustände geschlossen wurde, nicht wahr? Und was war mit dem verletzten ausländischen Jungen? Den habt ihr doch gemeinsam gefunden, oder? Schließlich habe ich Melanie ausdrücklich verboten, allein in den Wald zu fahren.«

Sonja sagte gar nichts. Sie hatte keine Ahnung, wovon Melanies Mutter redete, aber sie wusste genau, dass jedes Wort es nur noch schlimmer machen würde.

»Sonja«, sagte Frau Vittori, »ich bin sehr enttäuscht von dir. Ich weiß wohl, dass dein Bruder ein Krimineller ist, aber von dir hatte ich Besseres erwartet.«

Sonja fuhr zusammen. »Philipp ist nicht kriminell!« Aber es war schon zu spät. Frau Vittori schloss ihr die Tür vor der Nase.

Sonja stand vor der geschlossenen Tür, und ihr war ganz heiß vor Wut und Scham. Nichts von allem, was passiert war, war ihre Schuld, aber trotzdem war heute alles falsch. Und Philipp war nicht kriminell! Und wenn doch – schön, dann war seine Schwester eben auch kriminell, und das

würde sie jetzt beweisen! Sie schaute sich um, aber außer dem gepflegten Vorgarten gab es nichts, was sie kaputtmachen konnte. Da wuchsen noch ein paar Büschel bunter Herbstblumen. Sonja stieg auf ihr Fahrrad und fuhr mitten in die Blumen hinein.
Die Tür wurde aufgerissen. »Sonja!«, schrie Frau Vittori. Sonja schwang das Fahrrad herum, trat in die Pedale und war im Nu über alle Berge.
Erst zu Hause, wo Corinna sich mittlerweile auf den Bauch gedreht hatte, aber immer noch telefonierte, wurde Sonja klar, was sie getan hatte. Sie hatte nicht nur Melanie in Schwierigkeiten gebracht, sondern auch sich selbst. Sobald Corinna auflegte, würde Frau Vittori anrufen und sich über sie beschweren. Normalerweise ging Corinnas verliebtes Gefasel und Gekicher am Telefon Sonja furchtbar auf die Nerven, aber plötzlich fand sie es gar nicht mehr so schlimm. Von ihr aus konnte Corinna ruhig noch zwei, drei Stunden so weitermachen.
»Sonja, bist du das?« Ihre Mutter steckte den Kopf aus der Küche. »Wo bist du gewesen? Du kannst schon mal den Tisch decken.«
»Ich hab keinen Hunger«, sagte Sonja und machte sich auf den Weg in ihr Zimmer. Nach drei Schritten hatte ihre Mutter sie am Kragen.
»Es interessiert mich nicht, ob du Hunger hast oder nicht. Du bist nämlich nicht der einzige Mensch auf der Welt. Wasch dir die Hände und deck den Tisch!«
Noch mehr Ärger konnte sie wirklich nicht gebrauchen. Also wusch sie sich die Hände und deckte den Tisch für alle sechs Familienmitglieder. Dabei horchte sie ständig in den Flur, wo Corinna noch immer telefonierte.
»Ja ... nein, wirklich?« Albernes Kichern. »Das sagst du

immer. Aber es liegt wirklich nur am Lidschatten. Nein … nein, bin ich nicht.« Und so weiter und so fort. Sonja versuchte sich an den Namen des derzeitigen Gesprächspartners zu erinnern. Letzte Woche war es noch irgendein Mehmet gewesen, der Corinnas blonde Haare »echt voll krass« gefunden hatte. Wenn diese Woche die strahlendblauen Augen dran waren, war der Typ am anderen Ende der Leitung vielleicht auch schon ein anderer.

»Paul!«, rief die Mutter aus der Küche. »Paul, komm raus aus deiner Höhle und hilf deiner Schwester!«

Das rief sie dreimal, bevor Paul seine Zimmertür aufriss und zurückschrie: »Ich bin mitten in einem Experiment! Das explodiert, wenn ich nicht dabeibleibe!«

»Was? Ich glaub, du spinnst! Sonja, sieh sofort nach, was der da treibt!«

Sonja war es eigentlich ziemlich egal, ob ihr kleiner Bruder sich und sein Zimmer in die Luft sprengte oder nicht. Sie hatte nur Angst um ihre eigene Zimmerwand mit den Pferdepostern. Also ging sie zu Pauls Zimmer. Seit Paul sich als Vierjähriger einmal eingeschlossen hatte und erst mithilfe der Feuerwehr befreit worden war, hatte seine Tür keinen Schlüssel mehr. Aber erfinderisch, wie er war, wusste er sich immer zu helfen. Sonja drückte die Türklinke herunter und erwartete, dass die Tür sich öffnete – aber sie blieb zu, und ihr eigener Schwung ließ sie schmerzhaft mit der Nase gegen das Holz knallen. Für einen Moment sah sie Sterne.

»Au! Paul, du Mistkröte, mach die Tür auf!«

Paul hielt es nicht für nötig, ihr zu antworten. Sonja kniete sich hin und spähte durch den Spalt unter der Tür. Viel sah sie nicht, nur einen kleinen dunklen Gegenstand, der in dem Spalt steckte. Sie stand wieder auf und ging in die

Küche, wo ihre Mutter gerade in einer riesigen Dampfwolke stand und Nudelwasser abgoss. »Er hat einen Keil unter die Tür gesteckt.«

Die Mutter schüttelte den Kopf. »Na, er muss ja trotzdem gleich zum Essen herauskommen. Sag Corinna, sie soll mit der Telefoniererei aufhören und an den Tisch kommen.«

Sonja hatte plötzlich das Gefühl, keine Luft mehr zu kriegen, und ihr Magen tat weh. Sie ging in den Flur und stieß Corinna leicht mit dem Fuß an. »Das Essen ist fertig.«

»Jaja«, sagte Corinna ungeduldig. »Bin gleich da. Was?«, fragte sie in den Hörer und lachte. »Ach, bloß meine blöde kleine Schwester. Du, Benni, ich muss aufhören, es gibt Essen. Ja, klar. Ja. Ich dich auch.« Albernes Kichern. »Noch mehr. Bis morgen! Aber ganz früh, ja? Ja. Ich dich auch. Tschüs!« Sie legte auf, rekelte und streckte sich genüsslich, und Sonja wurde wieder einmal peinlich daran erinnert, dass Corinna mit ihren sechzehn Jahren richtig hübsch war mit ihren langen blonden Locken, den blauen Augen und der tollen Figur. Perfekt geschminkt und einfach toll. Nicht so ein dünnes, dunkles Nichts wie Sonja selbst. Mit der Anmut einer Katze stand Corinna auf und schlenderte ins Esszimmer. Sonja wollte ihr gerade folgen, als das Telefon klingelte.

Sie erstarrte zur Salzsäule.

»Geh doch mal einer dran!«, rief ihre Mutter aus der Küche. Mit hochgezogenen Augenbrauen drehte Corinna sich um. In diesem Moment ging die Wohnungstür auf, und ihr Vater und Philipp kamen herein. Das Telefon klingelte wieder, und Sonja rannte aufs Klo und schloss sich ein.

An diesem Abend gab es weder Nudeln noch Fernsehen für Sonja. Stattdessen hagelte es Vorwürfe.

»Sollen die Leute denken, wir wären Asoziale?«
»Was hast du dir dabei gedacht?«
»Man muss sich ja für dich schämen!« Das war Corinna.
»Lasst sie doch in Ruhe!«, sagte Philipp. »Sie ist eben durcheinander, weil der Waldhof zugemacht hat.«
»Das ist doch kein Grund, sich so danebenzubenehmen! Und das bei Frau Vittori!«
»Und du sei mal ganz still«, sagte der Vater. »Du mit deinem frisierten Moped.«
»Das ist drei Jahre her und hat ja wohl nichts damit zu tun!«, fuhr Philipp auf.
»Ja, und für dich schäme ich mich auch«, sagte Corinna spitz. Philipp schmiss die Gabel hin, stand auf und verließ die Wohnung. Die Tür schmetterte er zu, und nun wussten auch alle anderen Familien im Haus, dass bei Bergers wieder gestritten wurde.
Währenddessen saß Paul am Tisch und schaufelte Nudeln in sich hinein, und als gerade keiner hinsah, streckte er Sonja die Zunge heraus.

Die ›Hell's Devils‹

In dieser Nacht konnte Sonja lange nicht schlafen. Hellwach lag sie in ihrem Bett, starrte die Decke an und dachte über die letzten zwei Tage nach. Es waren die schlimmsten zwei Tage ihres Lebens gewesen, aber auch die seltsamsten. Es war, als hätte jemand einen Stein in einen Teich geworfen: Alles war in Aufruhr geraten, und für ein paar Augenblicke spiegelte das Wasser nicht die wirkliche Welt, sondern etwas Fremdes, Zerrissenes. Es machte ihr Angst, aber gleichzeitig wusste sie, dass sie morgen wieder in den Wald fahren würde. Trotz des Ärgers mit Melanie und ihren Eltern. Trotz der ewigen Drohung der Erwachsenen. Sie musste einfach das graue Pferd wiederfinden ... und seinen Schutzgeist, der sich nur in Spiegelbildern zu zeigen schien oder dann, wenn man nicht richtig hinsah.

War es wirklich ein Geist? Bisher kannte sie nur Geister, die aus Bettlaken und Ketten bestanden. Von Tiergeistern hatte sie noch nie etwas gehört. Gab es so etwas wirklich? Oder war sie ganz einfach verrückt geworden? Aber sie fühlte sich doch nicht verrückt.

Und wie konnte sie sich mit Melanie versöhnen? Sie hatte Melanie beleidigt und in Schwierigkeiten gebracht – andererseits wäre das alles nicht passiert, wenn Melanie sie gestern nicht so schäbig behandelt hätte. Aber danach hatte sie zweimal angerufen ... wirklich nur, um sich ein »Alibi« zu besorgen? Nein, zumindest beim ersten Mal bestimmt nicht. Und sie war in den Wald gefahren – doch sicher, um

Sonja zu suchen? Also hatte sie sich auch versöhnen wollen, und irgendetwas war dazwischengekommen. Sonja erinnerte sich daran, dass Melanies Mutter etwas von einem verletzten ausländischen Jungen gesagt hatte. Wenn sie doch nur wüsste, was da passiert war! Sie würde Melanie am Montag in der Schule danach fragen. In der Schule konnten sie sich ja nicht aus dem Weg gehen. Sie würden sich aussprechen, und dann war alles wieder in Ordnung. Sie würden das graue Pferd gemeinsam suchen.
Ein Moped knatterte die stille Straße entlang, hielt vor dem Haus, und der Motor verstummte. Das war Philipp, der erst jetzt zurückkam. Sonja warf einen Blick auf ihren Wecker. Halb zwei. Leise stand sie auf und tappte zur Wohnungstür. Als sie hörte, wie die Haustür auf- und wieder zugeschlossen wurde, zog sie die Kette von der Wohnungstür und öffnete sie lautlos. Philipp sollte nicht merken, dass der Vater ihn ausgesperrt hatte. Sie ließ die Tür angelehnt und zog sich bis zu ihrer Zimmertür zurück. Dort blieb sie stehen und wartete.
Philipp kam im Dunkeln herauf, blieb vor der Wohnungstür stehen und fummelte mit seinem Schlüssel herum, bis er merkte, dass die Tür offen stand. Dann gab er ihr einen kleinen Schubs, kam herein und zuckte zusammen, als er Sonja entdeckte. »Wieso bist du noch wach?«, zischte er nicht sehr freundlich.
»Ich kann nicht schlafen.«
»Geh ins Bett! Wir haben schon genug Ärger!«
Wenigstens sagte er »wir« und nicht »du«. Sonja fasste ein wenig Mut, und als er in die Küche ging, folgte sie ihm.
Philipp holte eine Flasche Wasser aus dem Kühlschrank und trank sie leer, ohne Sonja zu beachten. Erst danach seufzte er. »Also schön. Was ist?«

»Philipp ...«
»Mhm?«
»Woher wusstest du, dass der Waldhof zugemacht hat?«
»Stand heute Morgen in der Zeitung.«
»Aber du hast nichts gesagt, als ich losgefahren bin.«
»Stimmt.«
»Warum nicht?«
»Soll ich der Hüter meiner Schwester sein?« Er grinste, aber als Sonja ihn nur stumm anstarrte, seufzte er wieder. »Du bist gestern auch hingefahren. Also hattest du es schon selbst gemerkt. Und als du heute Morgen so getan hast, als wäre alles in Ordnung, habe ich mir gedacht, dass du einen guten Grund dafür hättest. Was sollte ich also sagen?«
Sonja schwieg.
Philipp warf ihr einen Blick zu. »Es war nicht alles in Ordnung, hm?«
Sie schüttelte stumm den Kopf. Verflixt, sie wollte doch nicht heulen!
»Was war denn?«
Sie schüttelte wieder den Kopf. Sie konnte es ihm nicht sagen. Nicht hier in der Küche.
Philipp überlegte und sagte dann: »Na, dann komm mit.«
Philipps Zimmer durfte außer ihm niemand betreten, nicht einmal die Eltern. Es war nicht besonders groß, und außer einem Bett, einem Schrank, einer Kommode und einem Tisch gab es keine Möbel. Aber trotzdem war es sehr voll, denn von der Decke hingen über vierzig Modellflugzeuge, die Philipp allesamt aus Holz gebastelt hatte. Dafür hatte er nicht etwa fertige Bausätze genommen, sondern monatelang Flugzeuge auf dem Flugplatz beobachtet, ihre Baupläne selbst aufgezeichnet und dann jedes Teil selber aus Sperrholz gesägt. Das Fliegen war Philipps großer Traum,

und eigentlich wollte er Pilot werden. Seine Flugzeuge waren ihm heilig, und Paul hatte vor ein paar Monaten die erste Tracht Prügel seines Lebens bekommen, nachdem er hier hereingeschlichen war und drei Flugzeuge aus dem Fenster geworfen hatte, um zu sehen, ob sie fliegen konnten.

Auch Sonja durfte normalerweise nicht hier herein, aber ganz selten machte Philipp bei ihr – und sonst niemandem – eine Ausnahme.

Er wies aufs Bett. »Setz dich da hin und zieh die Decke hoch, sonst bin ich nachher schuld, wenn du dich erkältest.« Er setzte sich auf seinen Schreibtischstuhl, ohne das Licht einzuschalten, und Sonja war froh darüber. Manche Dinge konnte man bei Licht einfach nicht erzählen. »Und jetzt erzähl mal. Was war da heute los?«

Und Sonja erzählte, was in den letzten beiden Tagen passiert war. Das Schwimmbad. Melanie. Der Waldhof. Die Tiere. Das graue Pferd. Wieder Melanie. Und die miese Bemerkung von Frau Vittori.

»Sie hat gesagt, du wärst kriminell!«

»Und da musstest du ihr natürlich die Blumen kaputtfahren.« Philipp nickte. »Klingt logisch.«

Jetzt musste sie doch lachen. Aber das Lachen verging ihr rasch wieder. Sie hatte Philipp nichts von dem Schatten erzählt. Sollte sie es tun?

Aber da gähnte er. »Hör mal, es ist spät. Mit Melanie musst du eben am Montag reden, das ist klar. Und was die Blumen angeht – das hat sie zwar verdient, aber bezahlen müssen wir sie trotzdem. Ich eine Hälfte, du die andere. Okay?«

»Aber ich habe sie doch kaputtgemacht. Nicht du.«

»Du hast sie meinetwegen kaputtgemacht, Kröte«, sagte er liebevoll. »Und jetzt schwirr ab ins Bett.«

Sonja schälte sich aus der warmen Bettdecke und stand auf.
»Und was mache ich mit dem grauen Pferd?«
»Gar nichts. Das gehört irgendwem, und der wird es auch wieder einfangen. Das ist nicht deine Sache.«
»Aber es ist verletzt! Und –« ›Und es kennt mich‹, wollte sie sagen, schluckte es aber im letzten Moment hinunter.
»Darum wird sich ein Tierarzt kümmern.« Philipp gähnte wieder. »Gute Nacht.«
»Gute Nacht.«
Sonja ging zurück in ihr Zimmer. Auf eine unbestimmte Art war sie unzufrieden. Zwar fühlte es sich richtig an, dass sie Philipp alles erzählt hatte, aber so ganz schien er sie doch nicht zu verstehen. Er hatte nun mal nicht so viel für Pferde übrig. Gar nichts, musste sie sich eingestehen, als sie in ihrem Zimmer stand und sich umschaute. Dutzende von Pferden schauten sie von den Postern herab an, in ihrem Regal drängten sich Pferdebücher, in der Ecke lagen Helm und Gerte ... das war ihr Leben, und Philipp, selbst wenn er ihr absoluter Lieblingsbruder war, konnte damit nichts anfangen.
Sie seufzte und kletterte wieder ins Bett. Aber die Aussprache hatte ihr doch geholfen: Sie war jetzt todmüde. Nach ein paar Minuten schlief sie ein, und falls sie in dieser Nacht etwas Ungewöhnliches träumte, konnte sie sich nachher nicht mehr daran erinnern.

Am nächsten Morgen regnete es, aber das hielt Sonja nicht davon ab, nach dem Frühstück aus dem Haus zu schlüpfen und mit Regenjacke und Reitstiefeln bewaffnet loszuradeln. Da ihre Eltern wieder in der Klinik waren, Philipp nichts sagte und Corinna sich mit »Benni« traf, konnte auch niemand sie aufhalten.

Unterwegs kam sie am »Schmitz-Kiosk« vorbei, und dort sprang ihr eine Schlagzeile geradewegs in die Augen.

FREI LAUFENDES PFERD IM FORSTWALD

Sie bremste abrupt, und weil sie kein Geld hatte, las sie den Bericht nur, so weit er auf der ersten Seite zu sehen war.

Ein entlaufenes Pferd wurde am Samstag im Forstwald entdeckt. Ein Spaziergänger sichtete das Tier beim Ausführen seines Hundes. Er beschrieb es als abgemagert und verletzt. Die Farbe ist grau. Das Pferd trägt weder Sattel noch Zaumzeug und ist vermutlich aus einer Weide ausgebrochen. Nachfragen bei Landwirten und Reitbetrieben der Umgebung erbrachten bisher keinen Hinweis auf den Eigentümer des Tieres. Informationen nehmen die örtliche Polizeidienststelle und der Tierschutzverein entgegen. Der Forstwald ist in den letzten Tagen bereits mehrmals

Sonja hatte nicht erwartet, dass es so schnell in der Zeitung stehen würde. Sie bog die Zeitung nach oben, um zu sehen, wie es weiterging, aber da beugte sich »Kiosk-Schmitz«, ein erklärter Kinderhasser, plötzlich aus seinem Ladenfenster.
»Und was soll das werden, wenn's fertig ist? Kaufen oder verschwinden!«
Sonja schrak zurück, wurde rot, stammelte eine Entschuldigung und fuhr hastig davon.

Der Waldhof wirkte jetzt in Regen und Nebel noch viel trostloser als gestern. Sonja stellte ihr Fahrrad im Hof ab, griff nach der Tüte mit dem alten Brot und machte sich auf die Suche nach dem grauen Pferd. Natürlich war es nicht in der Nähe des Waldhofes – es konnte schon kilometerweit weg sein. Aber sie war ziemlich sicher, dass es mit seiner

Verletzung nicht gerne laufen würde. Wahrscheinlich versteckte es sich dort, wo Menschen nur ganz selten hinkamen: im Tannenwald.
Der Tannenwald war gruselig. Das wusste jeder. Die Tannen ließen nur wenig Licht durch, und zwischen den harzigen, klebrigen Zweigen spannten sich unzählige Spinnennetze. Sonja schlüpfte immer dort durch, wo die Zweige am wenigsten Widerstand boten, und spähte in die Dunkelheit. »Grauer! He, Grauer! Wo bist du?« Ihre Stimme klang recht dünn und war vermutlich keine dreißig Meter weit zu hören, und »Grauer« war natürlich auch kein angemessener Name. Sie musste sich etwas Besseres ausdenken – wenn sie das Pferd überhaupt wiederfand.
Unvermittelt fand sie sich am Rande des Tannenwaldes wieder. Dort führte der Hauptweg entlang, und sie sprang über den Graben und folgte dem Weg, wobei sie aufmerksam zwischen die Bäume spähte. Nach einiger Zeit hörte sie ein Stück hinter sich Stimmen und Fahrradklingeln. Rasch wich sie zum Wegrand hin aus und drehte sich um. Eine Gruppe von sechs Fahrradfahrern radelte auf sie zu; alle trugen Jeans, Regenjacken und Gummistiefel und saßen auf klapprigen Fahrrädern. Sie unterhielten sich lautstark, und als sie vorbeifuhren, schnappte Sonja ein paar Satzfetzen auf.
»– wahrscheinlich misshandelt, in dem Artikel stand ja –«
»– klar, dass sich keiner meldet –«
»– deine Lassokünste ausprobieren, Cowboy!«
Keiner beachtete das Mädchen am Wegrand. Sie fuhren weiter und verschwanden hinter der nächsten Kurve. Irgendwo im Wald klang das Knattern von Mopeds.
Die waren hinter dem Pferd her! Sonja hatte überhaupt nicht daran gedacht, dass Leute den Artikel lesen und dann

in den Wald kommen würden, um es einzufangen. Und dann würde sie es nie wiedersehen und ihm nicht helfen können – wie Micky und Bjarni.

Sie dachte nicht darüber nach, dass ein Tierarzt dem Pferd vielleicht besser helfen konnte als sie. Rasch sprang sie über den Graben, der zwischen dem Weg und dem Tannenwald entlanglief, und suchte sich ihren Weg durch abgestorbenes Gestrüpp und harzige Zweige zurück unter die dunklen Bäume. Gleich darauf knatterte ein Motorrad hinter ihr den Weg entlang. Vögel stoben auf und verschwanden, das Knattern entfernte sich, und Sonja, die ganz still stand, spürte ihr Herz bis zum Hals schlagen – obwohl doch gar keine Gefahr bestand. Sie beeilte sich, von dem Weg fortzukommen.

Es war ein typischer Forstwald; die Bäume standen in geraden Reihen hintereinander, und dazwischen zogen sich immer wieder Schneisen, in denen ein wenig Gras wuchs. Als Sonja die dritte Schneise erreichte, sah sie den Grauen. Er rupfte ein wenig Gras, aber es schien ihm nicht zu schmecken. Tief ließ er den Kopf hängen, und sein Schnauben klang fast wie ein Stöhnen. Er sah noch magerer und kranker aus als gestern. Die Wunde an seinem Vorderbein eiterte und sah schrecklich aus.

›Das lohnt nicht‹, hörte Sonja Karl Frickel sagen. ›Ab zum Schlachter damit.‹ Das hatte er auch gesagt, als Bombe, die weiße Ziege, vor einem Jahr ihr erstes und einziges Zicklein bekommen hatte. Es war zu schwach gewesen. Nach drei Tagen hatte Frickel es weggebracht, und danach war Bombe wochenlang auf jeden losgegangen, der in ihre Nähe kam. Das Zicklein war ein weiterer Punkt auf der langen Liste von Dingen, die Sonja und Melanie Herrn Frickel nie verziehen hatten.

Sie stieß ein leises Schnalzen aus. Der Graue hob den Kopf und starrte zu ihr hin. Er trat einen Schritt zur Seite, und Sonja hielt den Atem an – aber er lief nicht weg.
Sie erinnerte sich an die Möhren und das Brot in der Tüte. Als sie den Beutel hob, warf das Pferd den Kopf hoch, ließ ihn aber gleich wieder sinken. Langsam ging Sonja auf das Tier zu. Als sie die schlimme Wunde aus der Nähe sah, hätte sie am liebsten geheult. Und auch die Striemen auf Brust und Flanken ...
»Du bist gepeitscht worden«, flüsterte sie. »Wer hat das getan?«
Der Graue schnaubte leise, wie zur Antwort. Ganz vorsichtig streckte Sonja die Hand aus. Als sie den schmutziggrauen Hals berührte, ging ein Zucken über das ganze Fell, und gleichzeitig spürte sie etwas wie einen leichten elektrischen Schlag. Erschrocken zog sie die Hand zurück. Es tat nicht weh, war kaum mehr als ein Flimmern, aber trotzdem fühlte sie sich plötzlich seltsam, wie benommen. Sie schüttelte den Kopf, um das Gefühl loszuwerden. Der Graue schnupperte an der Tüte. Das war etwas, das Sonja verstehen konnte.
»Du hast Hunger, ja? Warte.« Sie öffnete die Tüte, langte hinein und holte eine Möhre heraus, die sie ihm auf der flachen Hand hinhielt. Er nahm sie vorsichtig mit den Lippen und zermalmte sie genüsslich. Ein paar kleine Stücke fielen ihm aus dem Maul, und er schnupperte danach auf dem Boden und fraß sie alle einzeln. Als er nichts mehr fand, wandte er den Kopf und schaute Sonja an.
Eigentlich war an seinen Augen nichts Ungewöhnliches, sie sahen wie ganz normale Pferdeaugen aus. Trotzdem schlug Sonjas Herz plötzlich wieder bis zum Hals, und sie schaute weg und kramte in der Tüte. »Möchtest du Brot?«

Das Pferd nahm ihr das alte Schwarzbrot von der Hand, ließ es fallen und schnupperte erst ausgiebig daran, bevor es zu fressen begann. Währenddessen holte Sonja Bjarnis Halfter aus dem Beutel. Sie wartete, bis das Pferd wieder den Kopf hob, und hielt ihm das Halfter hin.
Völlig überraschend scheute es davor zurück und humpelte ein paar Schritte von Sonja weg. Der Blick, den es ihr zuwarf, schien von brennendem Vorwurf erfüllt zu sein, und sie fühlte sich wie eine Verräterin.
»Es tut mir leid! Aber ich muss dich doch irgendwie zum Waldhof bringen, um die Wunde auszuwaschen! Hier habe ich doch nichts!«
Das Pferd spitzte die Ohren, schnaubte und schüttelte heftig den Kopf. Als Sonja einen Schritt nach vorne machte, drehte es sich um und humpelte weg von ihr. Sonja lief ihm nach. »Warte doch! Lauf nicht weg!«
Obwohl es sich sehr langam bewegte, konnte sie es nicht einholen. Sie holte eine Möhre aus der Tüte und warf sie ihm nach. Das Pferd schnaubte nur wieder und trottete weiter, und es blieb ihr nichts anderes übrig, als die verschmähte Möhre aufzuheben und ihm zu folgen – bis sie plötzlich auf einer fahlgelben Wildwiese standen und Sonja die Mauern des grauen Hauses vor sich sah.
»Das gibt's doch nicht«, flüsterte sie fassungslos.
Der Graue trottete um das Haus herum und blieb im Hof stehen, als hätte er noch nie etwas anderes getan. Als Sonja ihn erreichte, wandte er den Kopf und schnaubte wieder. Diesmal war sie ganz sicher, dass er sie auslachte.
Vorsichtig streckte sie die Hand aus und berührte wieder seinen Hals. Diesmal gab es keinen sonderbaren Energieschlag, und sie fasste ein wenig Mut und kraulte das dreckige, nasse Fell.

»Was bist du nur für ein komisches Pferd? Du hast mich doch ganz genau verstanden, oder? Oder war das Zufall?« Der Graue streckte die Nase nach der Tüte aus. Sonja musste lachen. »Also schön. Warte.« Sie holte den Futtereimer aus dem Stall – wobei sie sich beeilte, um die leere Box nicht länger als notwendig sehen zu müssen – und kippte den Inhalt der Tüte hinein. Während das Pferd geräuschvoll zu fressen begann, füllte sie einen zweiten Eimer mit Wasser aus der Regentonne am Haus, holte den alten Schwamm, den sie von zu Hause mitgebracht hatte, und näherte sich vorsichtig der vereiterten Wunde am Bein des Pferdes.

Bei der ersten Berührung mit dem nassen Schwamm zuckte der Graue zusammen, zog das Bein weg und legte die Ohren an. Doch gleich darauf stellte er das Bein wieder auf und fraß weiter; die Ohren blieben misstrauisch nach hinten gelegt.

»Es tut mir leid«, sagte Sonja unglücklich. »Ich will dir ja nicht wehtun, aber dieser ganze Dreck muss runter!«

Sie tauchte den Schwamm wieder ins Wasser und machte behutsam weiter. Sie konnte kaum glauben, dass das Pferd nicht weglief, nicht nach ihr schnappte und zu akzeptieren schien, dass sie etwas tat, das getan werden musste. Es war das seltsamste Pferd, das ihr je begegnet war.

»Du musst einen Namen haben«, sagte sie. »Ich kann dich nicht nur ›He, Pferd!‹ nennen.« Es wunderte sie schon kaum mehr, dass das Pferd mit einem Schnauben antwortete.

»Lass mich überlegen«, sagte sie. »Toby? Bingo? Nein, das klingt alles doof. Komisch, dass du nicht kastriert bist; ich hab' immer gedacht, alle Hengste, die nicht zur Zucht taugen, werden kastriert. Du kannst doch kein Rassepferd sein – du bist viel zu hässlich!« Die Bemerkung tat ihr sofort

leid, aber der Graue fraß unbeeindruckt weiter und drehte ihr nur ein Ohr zu.
»Ich meine – du siehst überhaupt nicht aus wie die Pferde in meinem Buch! Und du bist doch bestimmt kein Wildpferd, oder?« Sie erinnerte sich an die Hufspuren im Wald und schaute sich die Hufe des Grauen genau an. Da war keine Spur von Eisen oder Nägeln zu sehen, sie waren rund und perfekt. »Es gibt doch keine Wildpferde in Deutschland!« Doch, fiel ihr dann ein. In Westfalen gab es die Dülmener Wildpferde. Vielleicht war der Graue eins von ihnen? Sie musste unbedingt in ihrem Buch nachschauen. Aber vorher wollte sie noch die Striemen auswaschen. Sie hob den Schwamm auf.
In diesem Moment hörte sie ein Geräusch: das Knattern von Mopeds, das rasch lauter wurde. Normalerweise achtete sie nicht auf so etwas, aber plötzlich schien es ihr bedrohlich zu klingen. Sie drehte sich zu dem Pferd um – und sah gerade noch den Schimmer eines grauen Schweifs hinter dem Haus verschwinden. Sie hatte keinen einzigen Hufschlag gehört.
Die Mopeds kamen immer näher. Plötzlich hatte Sonja schreckliche Angst, obwohl sie selbst nicht wusste, wovor. Sie ließ den Schwamm fallen, packte den Futtereimer und rannte in den leeren Stall, wo sie die Boxentür hinter sich zuzog und sich hinkauerte. Sie hörte, wie mehrere Mopeds auf den Hof fuhren. Die Motoren klangen sehr laut und schmerzhaft in der Stille des Waldes.
»He, hier war jemand!«, rief eine männliche Stimme. »Der Schwamm ist noch nass!«
»Was ist denn das für eine Brühe? Pfui Teufel, das stinkt!« Etwas klatschte; offenbar hatten sie den Eimer umgetreten. Wie Haie kreisten sie auf dem Hof herum.

»Guckt mal, ein Fahrrad!« Diese näselnde Stimme kannte Sonja sogar. Sie gehörte Max Freese, einem unangenehmen Jungen aus Corinnas Klasse. Die Mopeds blieben stehen, die Motoren liefen im Leerlauf. Gleich darauf gab es ein schreckliches Scheppern.
»Vielleicht ist der Gaul in einem der Schuppen?«, fragte ein anderer Junge. Sonja erstarrte und duckte sich noch tiefer. Sie hörte, wie jemand hereinkam und an der Boxentür rüttelte. »Nee, hier ist nichts. Kein Stroh und kein Gaul.«
»Hier liegen aber frische Möhrenreste.«
»Hier ist trotzdem nichts.« Er ging wieder hinaus, und Sonja atmete auf – aber sie hatte sich zu früh gefreut.
»Quatsch«, sagte Max. »Der Hof ist seit einer Woche dicht, das stand in der Zeitung. Also wie kommen hier Möhren und ein nasser Schwamm hin? Los, Leute, umgucken.«
Sie schalteten die Motoren aus und gingen auf dem Hof herum. Die Tür vom Nachbarstall wurde aufgerissen und wieder zugeworfen, am Haus klirrte ein Fenster, als würde dort eine Scheibe eingeschmissen – und plötzlich sagte Max' näselnde Stimme direkt über Sonja: »Na guck mal einer an. Hab ich's nicht gesagt?«
Sie blickte hoch und schaute ihm direkt in die Augen.

»Aua! Du tust mir weh! Lass mich los!« Sonja zappelte und schlug um sich, aber Max lachte nur und zog sie am Arm aus dem Stall. »He, guckt mal, was ich gefunden habe!«
Seine vier Freunde kamen aus dem Stall und vom Haus zurück. Sonja kannte alle vom Sehen, und ihr wurde himmelangst. Sie hießen Stefan, Frank, Achim und Sebastian, nannten sich ›Hell's Devils‹ und waren der Schrecken der ganzen Schule. Selbst die Lehrer kamen nicht gegen sie an. Sie waren sechzehn oder schon siebzehn, und alle Kinder

gingen ihnen weit aus dem Weg. Sie erpressten Geld, stießen die Jüngeren schon mal im Vorbeifahren samt Fahrrad in den Straßengraben und schlugen jeden zusammen, der ihnen nicht passte. Verzweifelt schaute sie sich um, aber die fünf bauten sich wie eine Mauer um sie auf.

»Die kenne ich«, sagte Sebastian unerwartet. »Das ist Philipp Bergers kleine Schwester. Lass sie los, Max.«

»Ich denke gar nicht daran.« Max hielt Sonjas Arm immer noch umklammert und schüttelte sie. Es tat weh, und ihr schossen die Tränen in die Augen. »Hör mal, was machst du hier, hä? Weißt du nicht, dass der Waldhof für kleine Mädchen verboten ist?« Seine Freunde lachten. »Das hier ist nämlich das neue Hauptquartier der ›Hell's Devils‹.«

»Gute Idee, Max«, sagte Frank grinsend. »Gerade beschlossen?«

»Klar doch.« Max schüttelte Sonja noch ein bisschen mehr. »Also, du kleine Ratte, du sagst mir jetzt alles, was ich wissen will, sonst geht es dir schlecht. Ist doch klar, dass ich dich bestrafen muss, weil du hier unbefugt eingedrungen bist, oder?«

»Das wusste ich doch nicht!«

»Unwissenheit schützt vor Strafe nicht«, sagte Stefan genüsslich. »Was hast du mit ihr vor, Max?«

»Och ...« Max schaute sich um, und sein Blick fiel auf die fast volle Regentonne. »Ich denke, wir testen mal, wie lange sie unter Wasser die Luft anhalten kann.«

Drei der Jungen lachten, aber Sebastian verzog das Gesicht. »Halte ich nicht für schlau, Max. Mit Philipp Berger sollte man sich nicht anlegen.«

»Sollte man nicht?« Max verzog höhnisch das Gesicht. »Keine fünf Cent geb ich auf Philipp Berger, klar? Glaubst du etwa, ich hab Angst?«

»Nee«, sagte Sebastian. »Ich dachte nur, du wolltest die Kleine was fragen, statt sie zu ertränken.«
»Tu ich auch, keine Sorge.« Max zog Sonja trotz ihrer verzweifelten Gegenwehr näher zu sich heran. »Also, wo ist das Pferd?«
»Ich weiß nicht«, brachte sie heraus.
»Falsche Antwort«, sagte Max und verdrehte ihr brutal den Arm. Es tat so schrecklich weh, dass sie aufschrie – aber ihr Schrei wurde von etwas anderem übertönt: dem Geräusch galoppierender Hufe. Und nun schrien die Jungen plötzlich auch, und Max stieß Sonja so hart von sich weg, dass sie hinfiel und sich das Knie aufschlug. Einen Moment lang konnte sie vor Schmerz nicht klar sehen. Sie sah nur, wie ein Wesen aus Schwarz und Silber über den Hof herangejagt kam und die ›Hell's Devils‹, die nicht schnell genug weglaufen konnten, einfach beiseite fegte. Neben Sonja hielt es jäh an, bäumte sich auf und stieß einen Schrei aus, der überhaupt nicht wie das Wiehern eines Pferdes klang. Unbändige Wut lag darin, aber noch viel mehr – und es waren Worte, die Sonja plötzlich in ihrem Kopf hörte.
Steig auf!
Krachend schlugen die Vorderhufe wieder auf den Boden. Sonja rollte sich zur Seite, rappelte sich auf und rannte blindlings los – nur weg! Aber da war das Wesen plötzlich dicht neben ihr, sie stolperte, griff instinktiv haltsuchend nach der schimmernden silbernen Mähne – und plötzlich saß sie auf dem nachtschwarzen Rücken, ohne zu wissen, wie sie da hinaufgekommen war. Das Tier wieherte triumphierend und galoppierte los, während die ›Hell´s Devils‹ in panischem Schrecken über den Hof rannten.

Der verlassene Hof

Ebenso wie ihre Mutter war Melanie entsetzt, als sie hörte, dass Sonja die Blumen im Vorgarten kaputtgemacht hatte. Aber im Gegensatz zu ihrer Mutter wusste sie genau, warum Sonja es getan hatte. Auf ihren Lieblingsbruder ließ sie nun einmal nichts kommen, und dass sie sich für die Beschimpfung rächte, war logisch. Nur machte es die Sache nicht gerade einfacher, denn Frau Vittori verbot ihrer Tochter, überhaupt noch einmal mit Sonja zu reden.

»Das ist kein Umgang für dich«, sagte sie wütend. »Vier Kinder, und dann diese Reihenhaussiedlung, beide Eltern ständig weg – da kann ja nichts Vernünftiges herauskommen! Die wissen einfach nicht, was sich gehört!«

»Aber dafür kann doch Sonja nichts!«

»Das ist mir egal! Du siehst doch, was dieser Bruder für einer ist!«

Melanie konnte Philipp wirklich nicht besonders gut leiden, aber das ging zu weit. »Mama, das mit dem Moped ist drei Jahre her!«

»Ach ja? Und woher weißt du, dass sie ihn in den drei Jahren nur einfach nicht erwischt haben? Es bleibt dabei, Melanie: Kein Wort redest du mehr mit diesem Mädchen! Schließ dich doch endlich einmal an ein paar nettere an. Was ist denn mit Nadine Schmidt und dieser Sabrina Rathofer? Da kenne ich die Eltern, das sind wirklich hochanständige Leute. Das ist ein viel besserer Umgang für dich.«

»Zumindest bis Frank Rathofer wegen Unterschlagung ins Gefängnis wandert«, ließ sich Herr Vittori aus seinem weißen Ledersessel vernehmen. Melanies Mutter kniff den Mund zu einem schmalen Strich zusammen und sagte dann scharf: »Das ist noch gar nicht bewiesen, Enrico.«
»Zumindest läuft das Verfahren.«
»Das ist doch jetzt vollkommen unwichtig! Melanie, es bleibt dabei. Du hältst dich von diesen Leuten fern.«
»Nur wegen den blöden Blumen?«
»Wegen der blöden Blumen«, verbesserte Herr Vittori, der sehr auf einen korrekten Gebrauch der deutschen Sprache achtete. »Und wegen des etwas zweifelhaften Bruders.«
»Und was ist mit dem Waldhof?«, begehrte Melanie auf. »Wir müssen doch herausfinden, was Frickel mit den Tieren gemacht hat!«
Herr und Frau Vittori wechselten einen Blick. »Nun«, begann Herr Vittori, »wir haben uns etwas anderes für dich überlegt. Was würdest du davon halten, richtige Reitstunden zu nehmen? Ich habe schon ein paar Reitställe in der Gegend ausfindig gemacht. Du könntest ein paarmal probereiten und dann feste Stunden nehmen.«
Melanie war nicht umsonst die Tochter einer Rechtsanwältin und eines Richters. Sie erkannte die Mischung aus Ablenkungsmanöver und Bestechungsversuch sofort, war aber nicht sicher, was sie darauf antworten sollte. Ein Teil von ihr wollte ohne Zögern zustimmen. Endlich richtige Reitstunden! Wie lange hatten sie und Sonja davon geträumt! Und wenn sie jetzt nicht zustimmte, überlegten ihre Eltern es sich vielleicht wieder anders. Dann hatte sie keinen Waldhof, keine Sonja und keine Reitstunden.
Wenn sie aber zustimmte und dann später noch einmal auf den Waldhof zu sprechen kam, würde ihre Mutter ihr vor-

werfen, wie undankbar sie war. So etwas kannte sie schon aus früheren Erfahrungen.
Jetzt gerade beneidete sie Sonja heftig um ihren Bruder. Wenn Sonja irgendwelche Probleme hatte, ging sie damit nicht etwa zu ihren Eltern, weil die ihr nämlich entweder alles sofort verboten oder ihr mitteilten, dass ihre Schwierigkeiten aus psychologischer Sicht überhaupt keine seien, weil es anderen Leuten noch viel schlechter ging. Nein, in solchen Fällen sagte Sonja: »Ich frage Philipp«, und beim nächsten Mal hatte sie das Problem dann gelöst. Melanie konnte Philipp zwar nicht leiden, aber jetzt gerade hätte sie auch gerne einen großen Bruder gehabt, der ihr half, schwierige Entscheidungen zu treffen.
»Nun?«, fragte ihr Vater. »Soll ich dich gleich anmelden?«
Ich frage Philipp, dachte Melanie verzweifelt – und plötzlich war ihr alles klar. Sie wusste nämlich, was Philipp sagen würde, denn der war unbestechlich, weil er sie nicht mochte. Er würde sie spöttisch ansehen und sagen: Klar, mach das auf jeden Fall, wenn du Sonja im Stich lassen willst. Und sie wusste auf einmal, dass es ganz genau das war, was sie nicht wollte. Zum Teufel mit Nadine, Sabrina und allen Reitschulen der Welt!
»Nein«, sagte sie.
Ihr Vater zog die Brauen hoch. »Nein? Wieso denn nicht? Wir dachten, du würdest dich darüber freuen.«
Melanie zuckte hilflos die Schultern. Was sollte sie auch sagen? Ihr Vater würde es vielleicht noch verstehen, ihre Mutter aber ganz sicher nicht.
»Also schön«, sagte Frau Vittori verärgert. »Mir ist es ja gleich, da sparen wir Geld. Ich hätte aber wenigstens ein bisschen Dankbarkeit erwartet, Melanie. Andere Kinder bekommen solche Gelegenheiten nicht.«

»Tut mir leid«, murmelte Melanie.
»Geh in dein Zimmer!«
Das Fegefeuer war vorbei. Melanie flüchtete in ihr Zimmer und schloss sich ein.
Ihr war klar, dass sie mit Sonja reden musste. Der ganze Ärger war nur wegen dieser blöden Sache im Schwimmbad passiert, und für so etwas wollte Melanie ihre Freundschaft nicht opfern. Sie würden sich vertragen und gemeinsam herausfinden, was mit den Tieren vom Waldhof passiert war.

Mit diesen ehrenhaften Vorsätzen bewaffnet, radelte Melanie am Sonntagnachmittag durch den Regen und klingelte an der Wohnungstür von Familie Berger. Nach ein paar Minuten öffnete Paul, der stämmige, struppigblonde kleine Bruder, um den sie Sonja nicht beneidete. Er sah sie und warf die Tür ohne das geringste Zögern wieder zu. Blitzschnell warf Melanie sich dagegen und fing die Tür ab.
»Paul, du blöder Spinner! Ich will zu Sonja!«
»Die ist nicht da! Und du hast sie eine blöde, dämliche Zicke genannt!«
»Das geht dich überhaupt nichts an!« Sie trat ein und machte die Tür hinter sich zu. »Sonja?«
»Zicke, Zicke, Zicke ...«
Melanie ballte die Faust, und Paul – aus Erfahrung klug geworden – trat den strategischen Rückzug an und schmetterte seine Zimmertür hinter sich zu.
Im nächsten Moment flog die Tür zum Wohnzimmer auf, und Corinna schoss wutentbrannt heraus. »Paul, ich hab dir tausendmal gesagt – oh! Hallo, Melanie. Willst du zu Sonja? Die ist nicht da.«
»Wo ist sie denn hin?«

»Keine Ahnung.«
Das überraschte Melanie nicht, da Corinna grundsätzlich nur an sich selbst dachte. »Ist Philipp da?«
»Was willst du denn von dem? Keine Ahnung, klopf mal.«
Und schon verschwand Corinna wieder im Wohnzimmer. Mit der lockeren Art dieser Familie war Melanie schon lange vertraut, obwohl es noch nie vorgekommen war, dass sie sie einfach im Flur stehen gelassen hatten. Sonst war immer Sonja dagewesen. Vorsichtshalber klopfte Melanie an Sonjas Zimmertür, aber niemand antwortete. Leise öffnete sie die Tür und steckte den Kopf hindurch. »Sonja?«
Das Bett war zerwühlt, der Schreibtisch ein buntes Durcheinander von Zeichenblättern und Stiften. Pferdeposter an allen Wänden und auf den Schranktüren. Melanies Zimmer sah fast genauso aus, nur achtete ihre Mutter darauf, dass das Bett immer gemacht wurde.
Sie war enttäuscht und erleichtert zugleich, dass Sonja nicht da war – enttäuscht, weil sie unbedingt mit ihr sprechen wollte, und erleichtert, weil die Freundin sich wenigstens nicht verleugnen ließ. Leise trat sie ins Zimmer und ging zum Tisch. Dort hatte Sonja Dutzende von Pferden gezeichnet: Pferde im Sprung, im Galopp, sich aufbäumend, grasend. Sie sahen tatsächlich wie Pferde aus. Sonja konnte gut zeichnen – im Gegensatz zu Melanie, deren Pferde eher wie Kartoffeln auf Stelzen aussahen. Ein Bild fing ihren Blick ein, und sie nahm es in die Hand. Es zeigte ein schwarzes Pferd mit heller Mähne und hellem Schweif, das zwischen ein paar Tannen hindurchtrabte.
»Was machst du denn hier?«
Sie zuckte zusammen, ließ das Blatt fallen und drehte sich um. Philipp stand in der Tür, den Mopedhelm in der Hand, und schaute sie unfreundlich an.

»Ich – ich wollte Sonja besuchen«, sagte Melanie und ärgerte sich darüber, dass sie stotterte, bloß weil Philipp sie erschreckt hatte. »Ist doch nicht verboten, oder?«
»Die ist nicht da. Du wirst wohl bis morgen in der Schule warten müssen.« Er hielt die Tür so einladend auf, dass es einem direkten Rausschmiss gleichkam.
»Nein, warte doch mal! Wo ist sie denn hin?«
»Wenn sie es dir nicht gesagt hat, warum soll ich es dir dann sagen?«
Das war wieder eins seiner blöden Spielchen, aber diesmal ließ sie sich nicht überrumpeln. »Weil ich mich entschuldigen will, darum!«
Philipp zog die Augenbrauen hoch. »Ach nee. Ich dachte, wir wären hier das kriminelle Pack.«
»Das hab ich doch nie gesagt!« Entsetzt merkte Melanie, wie ihr die Tränen in die Augen stiegen. Vor Philipp zu heulen – das fehlte gerade noch. »Ach, lass mich doch in Ruhe!« Sie stürzte auf die Tür zu. Aber Philipp erwischte sie an der Schulter und hielt sie fest.
»Jetzt warte mal, Melanie.« Er klang genauso kühl wie immer, aber als sie wütend und halb blind zu ihm hochblinzelte, sah er unerwartet freundlich aus. »Irgendwas ist bei euch beiden total schiefgegangen, stimmt's? Erzähl mal.«
»Das interessiert dich doch gar nicht!«
»Dann würde ich nicht fragen«, sagte Philipp. »Du wärst nicht hier, wenn dir nicht was an meiner Schwester läge, also kann ich mir deine Version der Geschichte ruhig mal anhören. Setz dich auf das Bett und erzähl, was los ist.« Er schloss die Tür, legte den Helm auf Sonjas Zeichnungen und setzte sich auf den Schreibtischstuhl.
Schon merkwürdig, dass ausgerechnet Philipp der Einzige

sein sollte, der ihr überhaupt zuhörte! Aber weil sie sich einfach nicht mehr zu helfen wusste, erzählte sie ihm alles, was passiert war – den Vorfall im Schwimmbad, die Entdeckung des verletzten Jungen, den Verlust ihres Handys, die Nachricht von der Schließung des Waldhofes, die zerstörten Blumen, die Wut ihrer Mutter und die unerwartete Bestechung. Philipp hörte sich das alles an und schüttelte schließlich den Kopf. »Himmel, was für ein Drama.«

»Du brauchst mir ja nicht zu glauben«, sagte Melanie patzig.

»Jetzt reg dich mal wieder ab, ja? Mich beschäftigt etwas ganz anderes. Was weißt du über dieses graue Pferd im Wald?«

»Was für ein graues Pferd?«, fragte sie verblüfft.

»Irgend so ein Pferd eben, das da beim Waldhof herumläuft. Warte mal eben.« Er stand auf und ging hinaus, kam aber gleich wieder zurück. »Ihre Reitstiefel sind weg. Das sieht ihr wieder ähnlich – fährt los, ohne einen Ton zu sagen! Ich wette mit dir, dass sie gerade versucht, dieses Pferd einzufangen. Obwohl ich ihr gesagt habe – na, egal.« Er setzte den Helm auf und klappte ihn zu. Melanie schaute ihn an.

»Was hast du vor?«

»Was schon? Ich hole sie nach Hause. Sie hat allein im Wald nichts zu suchen.« Er warf einen Blick aus dem Fenster. Draußen regnete es immer noch, und Nebel lag über dem Gras. Es würde bald dunkel werden.

»Ich komme mit!«

»Vergiss es.«

Für eine Weile hatte Waffenstillstand zwischen ihnen geherrscht, aber diese Abfuhr erinnerte Melanie wieder daran, dass sie diesen Kerl nicht ausstehen konnte. Sie fuhr hoch.

»Du hast mir gar nichts zu sagen!«
Sie lief aus dem Zimmer, riss die Wohnungstür auf und warf sie hinter sich zu. »Paul!«, brüllte Corinna so laut, dass es noch im Treppenhaus zu hören war, und Melanie hoffte nur, dass der unausstehliche Bengel eine ordentliche Abreibung bekam, auch wenn er diesmal unschuldig war.

Gegen ein Moped hatte sie natürlich keine Chance, obwohl sie ordentlich in die Pedale trat. Nach nur drei Straßen wurde sie von Philipp und einer blauen Abgaswolke überholt. Als sie den Feldweg erreichte, war nur noch ein leichter blauer Schleier in der Luft zu sehen und das Knattern nur noch leise zu hören, bevor es ganz verstummte. Aber sie brauchte Philipp ganz bestimmt nicht, um ihr den Weg zum Waldhof zu zeigen!
An der Senke im Feld erinnerte sie sich an den verletzten Jungen, den sie hier gefunden hatte. Sie hatte ihn schon fast wieder vergessen. Was war wohl aus ihm geworden? Bestimmt hatten sie ihn ins Krankenhaus gebracht, nachdem ihre Mutter den Krankenwagen gerufen hatte. Und offenbar hatte er ihr Handy mitgenommen, denn am Weg sah sie keine Spur mehr davon. Vielleicht hatte auch ein Spaziergänger es gefunden; jedenfalls war es weg. Schwungvoll fuhr sie durch die Senke und rollte dahinter auf den Waldweg, der zum Hof führte.
Seltsam, wie still es war. Melanie hatte Herrn Frickel nie gemocht, und es war typisch für ihn, dass er ihnen nicht gesagt hatte, was er plante.
Schon aus einiger Entfernung hörte sie Philipp nach Sonja rufen. Das Moped hatte er mitten im Hof abgestellt, und als Melanie anhielt und sich umschaute, sah sie Sonjas Fahrrad auf dem Boden liegen, ganz verbogen. Ein Eimer lag

mitten im Hof in einer großen Pfütze, daneben lagen die Überreste von ein paar Möhren.
»Sonja!«, rief Philipp. Gleich darauf kam er hinter der Hausecke hervor. Er sah wütend aus. Oder besorgt. »Melanie, habt ihr irgendein geheimes Versteck hier im Wald?«
»Was geht dich das an?«, gab sie zurück und stellte das Fahrrad ab.
»Spar dir den Quatsch«, sagte Philipp grob. »Hier ist etwas passiert. Sieh dir das Fahrrad an! Und überall Reifenspuren – und Hufabdrücke ohne Eisen.«
»Die Ponys hatten keine Eisen«, sagte Melanie und schaute sich beklommen um. »Was soll denn passiert sein?«
»Kann ich hellsehen?«, schnauzte Philipp sie an. »Also, habt ihr ein Geheimversteck oder nicht?«
»Nein.«
»Wohin würde Sonja mit einem kranken oder verletzten Pferd gehen?«
»Zum Tierarzt?«
»Quatsch, sie hat doch kein Geld.«
»Dann hierher, glaube ich. Sie würde es in eine Box stellen und –«
»Die Boxen sind alle leer.« Er drehte sich um und musterte das Haus, dessen vordere Fensterscheiben zerschlagen waren. »Sonja!«, brüllte er.
»Sonja!«, rief jetzt auch Melanie. »Wo bist du?«
Alles blieb still.
»Guck mal«, sagte Melanie plötzlich. »Die Hufspuren führen ja vom Hof weg!«
Philipp nickte und kam zu ihr herüber.
»Und die Reifenspuren gehen hier in die entgegengesetzte Richtung. Einer ist ins Schleudern geraten – die hatten es sehr eilig, von hier wegzukommen.«

Gemeinsam folgten sie der Hufspur vom Hof auf den Waldweg. Die Abdrücke hatten sich tief in den nassen Boden gegraben und lagen weit auseinander.

»Voller Galopp«, murmelte Melanie.

Am Waldrand wurde es einfacher. Das Pferd war geradewegs auf das abgeerntete Feld hinausgaloppiert. Jeder Abdruck war ganz deutlich zu erkennen – bis die Spur plötzlich wie abgeschnitten endete.

»Das kann doch nicht sein«, sagte Philipp fassungslos und schaute sich um. Irgendwo im Wald keckerte etwas, eine Amsel zwitscherte und verstummte wieder. Aus der Erde stieg der Nebel in feinen Schwaden, und die Bäume sahen wie dunkle Gespenster aus.

»Sonja!«, brüllte Philipp so laut, dass es im Wald widerhallte und Melanie zusammenzuckte. Die Vögel verstummten, und selbst das Rauschen in den Bäumen schien für einen Moment auszusetzen.

Es kam keine Antwort.

Über die Nebelbrücke

Das war nicht der sanfte, schaukelweiche Galopp, von dem Sonja in der Schule geträumt hatte. Es war ein wilder, ungezügelter Ausbruch von Kraft, eine ungestüme Jagd, und hätte das Tier sie nicht tragen wollen, wäre sie keine fünf Sekunden auf seinem Rücken geblieben. Sie krallte sich in der silbernen Mähne fest, die ihr ins Gesicht peitschte, presste die Beine fest an und versuchte gar nicht erst, dieses Dahinrasen irgendwie zu beeinflussen oder etwa unter Kontrolle zu bekommen. Längst war der Waldhof hinter ihnen zurückgeblieben. Um sie herum wurde der Nebel dichter, die vorbeihuschenden Bäume wurden zu blassen, zerfaserten Gespenstern, einmal glaubte Sonja die fassungslosen Gesichter der Radfahrertruppe zu sehen, aber sie blieben zurück und verschwanden im Nebel.
Noch nie im Leben hatte sie solche Angst gehabt. Das war kein freundlicher Schutzgeist, auf dem sie da ritt, es war ein wildes, unzähmbares Wesen, das sie einfach mitgerissen hatte auf eine Reise, deren Ziel und Absicht sie nicht begriff. Was war mit dem grauen Pferd? War es den ›Hell's Devils‹ jetzt hilflos ausgeliefert? Aber alle Gedanken verschwammen und verflogen, als der Nebel immer dichter, der Galopp immer wilder wurde und sie alle Konzentration darauf verwenden musste, oben zu bleiben.
Plötzlich sah sie keine Bäume mehr, sondern nur noch ge-

staltloses Grau. Sie mussten den Wald verlassen haben. Himmel, die Straße! Kein Autofahrer würde rechtzeitig anhalten können! Sie zog an der Mähne. »Halt an! Du musst anhalten!«
Die Worte wurden ihr so rasch vom Mund weggerissen, dass sie sie kaum hören konnte, und das Tier hatte sie sicher auch nicht gehört, denn es galoppierte unverändert weiter, die Ohren flach an den Kopf gelegt. Sonja warf einen Blick nach unten. Sie glaubte Ackerboden zu erkennen, vielleicht Gras, aber sie jagten so schnell darüber hinweg, dass alles nur eine verwischte graugrüne Masse war. Das einzige Geräusch war jetzt der donnernde Hufschlag auf dem harten Boden.
Auf einmal veränderte er sich, klang wie auf Stein, hallte endlos wider – und dann waren sie darüber hinweg. Das musste die Straße gewesen sein, und sie lebten noch! Als sei damit ein Bann gebrochen worden, erzitterte das Tier plötzlich, und ein krampfhaftes Beben ging durch seinen großen dunklen Körper. Es wurde langsamer, fiel in Trab und blieb dann so abrupt stehen, dass Sonja von seinem Rücken geschleudert wurde und im Gras landete.
Der Aufprall riss ihr die Luft aus den Lungen. Sie war unfähig, sich zu bewegen. Jeder einzelne Knochen tat ihr weh. Sie lag auf dem Rücken, japste nach Luft und sah aus den Augenwinkeln einen riesigen Schatten im Nebel, der sich langsam vorbeibewegte. Ein scharfer, durchdringender Tiergeruch lag in der Luft. War sie in einer Kuhherde gelandet? Mühsam richtete sie sich auf. Der riesige Schatten entfernte sich von ihr, aber die Luft war voller Geräusche wie von riesigen mahlenden Zähnen. Dann kam ein weiteres Geräusch, das ihr Blut erstarren ließ: ein tiefes Stöhnen hinter ihr.

Zitternd vor Schreck und Angst drehte sie sich nach ihrem Reittier um.
Es war riesig, größer als jedes Pferd, das sie je gesehen hatte. Sein Fell war tiefschwarz, übersät mit winzigen weißen Punkten wie Sterne am Nachthimmel. Mähne und Schweif schimmerten selbst im grauen Nebel wie Silber. Und auf seiner Stirn saß ein Horn wie aus reinem Licht. Doch es zitterte am ganzen Körper, der Kopf hing tief herab, und es konnte sich kaum mehr auf den Beinen halten. Und als Sonja genauer hinsah, erkannte sie auch, warum: das schwarze, schweißglänzende Fell war voller blutiger Peitschenstriemen, und aus einer klaffenden Wunde am rechten Vorderbein strömte Blut. Sie kannte diese Verletzungen: vor gar nicht allzu langer Zeit hatte sie sie selbst ausgewaschen. Es waren nicht ein hässliches graues Pferd und sein Schutzgeist – es war die ganze Zeit nur ein einziges Tier gewesen.
Ein Einhorn.
Ihr blieb keine Zeit, darüber nachzudenken. Das Tier stöhnte wieder, und seine Beine knickten ein. Eins wusste Sonja genau: Wenn es sich jetzt hinlegte, würde es nie wieder aufstehen. Ohne nachzudenken, stürzte sie zu ihm hin, griff in die silberne Mähne und zog kräftig daran. »Nein! Das darfst du nicht tun! Wenn du dich hinlegst, stirbst du!«
Das schwarze Einhorn warf den Kopf hoch, weit aus ihrer Reichweite. Die Mähne wurde ihr aus den Händen gerissen. Aber wenigstens blieb es stehen. Gleich darauf sank sein Kopf wieder kraftlos nach unten.
Wie hypnotisiert starrte Sonja auf das Horn. Es schien aus spiralförmig gedrehtem Knochen zu bestehen, war so lang wie ihr Arm und schimmerte in seinem eigenen Licht – so

grell, dass ihr die Augen wehtaten. Endlich riss sie den Blick davon los und streckte vorsichtig die Hand nach dem schwarzen Hals aus. Als sie ihn berührte, lief wieder dieser seltsame elektrische Schock durch ihre Finger und über das schwarze Fell, aber diesmal ließ sie sich nicht beirren. Der hässliche graue Gaul mochte eine Tarnung oder Verzauberung gewesen sein, aber die Verletzungen und die Erschöpfung waren ganz und gar echt, und das Tier würde sterben, wenn sie sich nicht darum kümmerte.
Hastig schaute sie sich um. Aber rings um sie war nur Nebel, kein Mensch zu sehen. Also zog sie ihre Regenjacke, den Pullover und das Unterhemd aus, zog Pullover und Jacke schleunigst wieder an und wickelte das Hemd um das blutende Bein. Es färbte sich sofort rot. Das Einhorn stand zitternd und keuchend still und ließ alles mit sich machen. Fieberhaft dachte Sonja nach. Was war schlimmer: Bewegung für das Bein oder Stillstand für den Körper? Sie hatte von Fällen gehört, in denen überanstrengte Pferde nach großen Rennen zusammengebrochen und gestorben waren. Nun war ein Einhorn kein Pferd, aber es sah doch irgendwie ganz ähnlich aus und war vielleicht auch ähnlich aufgebaut. Sie fasste wieder in die Mähne und wickelte sich ein paar der silbrigen Strähnen um die Hand. »Komm! Du musst dich bewegen!« Sie zog daran, und zu ihrer Überraschung riss sich das Einhorn nicht los, sondern setzte sich müde und stark hinkend in Bewegung.
Wohin sie ging, wusste Sonja nicht, es war ihr auch egal. Sie hoffte nur, dass sie nicht plötzlich einem gereizten Stier gegenüberstand. Aber dann wäre doch sicher ein Zaun um die Weide gewesen? War das Einhorn in seinem rasenden Galopp über einen Zaun gesprungen, ohne dass Sonja es gemerkt hatte? Sie erinnerte sich an das Geräusch mäch-

tiger kauender Zähne und blickte sich nervös um, aber der Nebel war zu dicht.

Dann dachte sie: ›Moment mal. Ich wandere hier mit einem Einhorn herum und mache mir Sorgen über irgendwelche blöden Kühe? Bin ich verrückt?‹

Sie warf einen Blick auf ihren Gefährten. Er hatte die Augen halb geschlossen, die Ohren hingen auf halbmast, und er sah aus wie Micky, wenn er besonders lahm und unwillig gewesen war – nur die Größe und die Farbe stimmten nicht. Noch nie hatte sie ein so glänzend schwarzes Fell mit Sternen darauf gesehen, und die Mähne war wie ein Wasserfall aus Silber. Wieso war es überhaupt schwarz? Sie hatte immer gedacht, Einhörner – falls es sie gab – seien weiß.

Falls es sie gab? Natürlich gab es keine Einhörner! Ebensowenig wie Drachen, fliegende Pferde, Werwölfe und Vampire. Das waren nur Wesen, die Menschen sich ausgedacht hatten, um ihren Ängsten oder Träumen eine Form zu geben. Zumindest hatte Philipp es ihr so erklärt, nachdem Corinna ihr mit einer schaurigen Geschichte über Werwölfe solche Angst eingejagt hatte, dass sie ihre Besuche im Waldhof beinahe aufgegeben hätte. Sie streichelte den Hals des Einhorns und fragte sich, wie Philipp das wohl erklären würde.

»Du musst einen Namen haben«, sagte sie, während sie weitertrotteten. »Bingo oder Blanko war's bestimmt nicht. Fury? Quatsch. Schwarzwind? Sternwind? Nee, das klingt doof. Nachtwind?« Ein Ohr des Einhorns zuckte. »Nachtwind? Gefällt dir das?« Aber es fühlte sich nicht richtig an. »Nachtsilber? Nacht… irgendwas mit Nacht, ja?«

Das Tier schnaubte.

Nachtfrost.

Das Wort war plötzlich in ihrem Kopf – wie vorhin der Befehl, aufzusteigen. Sonja blieb stocksteif stehen. »Nachtfrost?«, fragte sie langsam und ungläubig.
Das Einhorn schnaubte wieder und warf den Kopf hoch.
»Das ist dein Name? Und den hast du mir gesagt?«
Der Blick, der sie traf, war eindeutig belustigt. Sie schüttelte den Kopf. Aber worüber wunderte sie sich eigentlich? Es war ein Einhorn, ein Tier voller Magie – wieso sollte es nicht in ihrem Kopf sprechen können?
Wenn doch nur Melanie da wäre, um dieses Geheimnis mit ihr zu teilen!
Sie führte das Einhorn weiter. Noch immer sah sie nur Nebel und hohes Gras. Sollte hier nicht ein Acker sein? Und dahinter Birgens Hof?
Doch plötzlich gab es eine Abwechslung. Dicht vor ihr entdeckte sie eine Art Böschung oder Abhang, die das Grasland unterbrach. An einer steinernen Kante hing etwas an einer silbernen Kette. Es sah aus wie ein Amulett aus schwarzem Stein, in Gold eingefasst. Sonja beugte sich vor und griff danach, und da riss der Nebel auf. In Sekundenschnelle zerstoben die weißen Schwaden zu nichts, auseinandergeblasen von einem starken Wind unter einem tiefblauen Himmel.
Es war keine Böschung und auch kein Abhang. Es war ein Abgrund.
Soweit sie nach links und rechts sehen konnte, war der Boden einfach weggebrochen. Einen gegenüberliegenden Rand des Abgrundes konnte sie nicht erkennen. Tief unter ihr wallte und brodelte der Nebel – oder waren es Wolken? Sie wusste es nicht und konnte auch nicht darüber nachdenken, weil ihr Verstand angesichts dieses gigantischen Abgrundes einfach aussetzte. Ihre Hand krampfte sich um

das Amulett – aber nur, weil sich ihr ganzer Körper verkrampfte; sonst hätte sie es fallen gelassen und wäre gleich hinterhergestürzt. Sie hörte ein Wimmern, begriff aber nicht, woher es kam.

Was war mit der Welt passiert?

Mit einem Schnauben, das besorgt klang, wich das Einhorn zurück und zog Sonja mit sich. Sie stolperte rückwärts, bis sie die schreckliche Tiefe nicht mehr sehen konnte. Dann gaben ihre Beine nach, und sie sackte zusammen. Das Einhorn senkte den Kopf, damit sie ihre Hand aus der Mähne wickeln konnte, aber über diese Freundlichkeit konnte sie sich gerade nicht freuen. Warum hatte sie nur nicht auf Philipp gehört und das graue Pferd seinem Schicksal überlassen? Dann wäre sie jetzt sicher zu Hause und würde mit Melanie spielen. Denn eins war ihr ganz klar: Das hier war nicht der Ort, an dem sie ihr ganzes bisheriges Leben verbracht hatte.

Nachtfrost schnupperte an ihren Haaren, und sie stieß den großen schwarzen Kopf heftig von sich. »Wohin hast du mich gebracht?«, schrie sie ihn an. »Ich will nach –« Sie brach ab. Während sie ihn anschrie, hatte sie aus dem Augenwinkel eine Bewegung gesehen und sich umgedreht. Und nun wusste sie auch, was das vorhin für ein großer dunkler Schatten im Nebel gewesen war.

Es waren Tiere, mindestens hundert Stück, und sie waren riesig. Sie sahen ein wenig wie Bisons aus, waren aber viel größer – wie eine Kreuzung aus Bison und Mammut vielleicht. Dichtes schwarzbraunes Fell hing bis auf den Boden herab, und jedes Tier hatte zwei Hörner, die wie Antilopenhörner aussahen: gerade und spitz zulaufend. Nur war jedes Horn mindestens zwei Meter lang. Friedlich grasend zogen die Tiere über eine endlose Ebene.

Sie hatten sechs Beine.
Jetzt wurde Sonja klar, dass das Wimmern vorhin von ihr selbst gekommen war, denn ihr Mund stieß dasselbe Geräusch noch einmal aus. Dann rollte sie sich zusammen, versteckte den Kopf zwischen den Armen, machte die Augen zu und wartete darauf, dass der Albtraum aufhörte.

Etwas stupste sie an und schnaubte.
»Lass mich in Ruhe«, schrie sie ins Gras. »Geh weg!«
Wieder ein Stupser. Mittlerweile war es ihr egal, ob sie von einem vertrauten Wesen belästigt wurde oder von einem schwarzen Fabelwesen, das es nicht geben konnte; sie wollte nur, dass es damit aufhörte. Sie hob den Kopf und blickte geradewegs in die Augen des Einhorns – oder doch wenigstens in das eine ihr zugewandte mitternachtschwarze Auge.
Schon einmal hatte sie bemerkt, dass es nicht so einfach war, dem Blick dieser Augen standzuhalten. Sie wusste nicht genau, warum, aber plötzlich fühlte sie sich beschämt, dass sie hier wie ein kleines Kind herumlag und heulte, bloß weil die Tiere in dieser Gegend ein wenig anders aussahen als zu Hause und die Welt einfach an einem mit Nebel gefüllten Abgrund endete. Hatte sie nicht ihr Leben lang von Märchen und Abenteuern geträumt? Auf Mickys Rücken war sie Räuberin und Prinzessin, Ritterin und Indianerin gewesen, der langweilige Forstwald war zu einem verwunschenen Märchenreich geworden – worüber also beschwerte sie sich, wenn plötzlich ein echtes Einhorn auftauchte und sie in ein fremdes Land brachte? In allen Geschichten kehrten Kinder nach erfolgreichen Abenteuern in fremden Welten wohlbehalten nach Hause zurück, wo ihre Abwesenheit noch nicht einmal bemerkt

worden war. Und mit Nachtfrost an ihrer Seite brauchte sie sich bestimmt nicht zu fürchten. Obwohl er sie – strenggenommen – entführt hatte, hatte er sie doch vor dem widerlichen Max und seiner Bande gerettet, und sie hatte das sichere Gefühl, dass er sie auch weiterhin beschützen würde. Da konnte sie doch ebensogut das Beste aus ihrem plötzlichen Abenteuer machen. Und sie konnte sich ansehen, was sie da eigentlich eben gefunden hatte. Sie zog die Nase hoch und setzte sich auf.

Es war ein aus schwarzem Stein geschnittener Wolfskopf mit goldenen Augen, der sie gerade anzusehen schien und auf einer dünnen, runden Platte befestigt war, die ebenfalls aus Gold zu sein schien. Sie schaute sich die Rückseite an, und dort war ein Zeichen eingraviert – das genausogut chinesisch sein oder vom Mars stammen konnte. Auf jeden Fall hatte sie keine Ahnung, was es bedeutete.

Sonja mochte keine Wölfe, und das verdankte sie ihrer Schwester Corinna, die sich für die häufige Verpflichtung zum Babysitten gerächt hatte, indem sie ihren beiden jüngeren Geschwistern Horrorgeschichten erzählte. In diesen Geschichten wimmelte es von Werwölfen und Vampiren, die einander blutige Schlachten lieferten und dazwischen nur Pause machten, um sich mit frischem Kinderblut zu stärken. Erst als die Eltern dahinterkamen, warum Sonja und Paul jede Nacht heulend im Schlafzimmer auftauchten, fanden diese »Gutenachtgeschichten« ein Ende, aber sie wirkten noch lange nach.

Sonjas erster Impuls war, das Schmuckstück sofort wegzuwerfen – am besten geradewegs in den Abgrund. Aber dann überlegte sie es sich anders und hängte es sich um den Hals. Bestimmt hatte jemand es verloren und würde sich freuen, wenn er es zurückbekam.

Da das nun geklärt war, konnte sie sich dringenderen Problemen zuwenden. Sie stand auf und merkte erstaunt, dass ihre Beine sie wieder trugen.

Nachtfrost stand still neben ihr. Er stöhnte und zitterte zwar nicht mehr, aber der ungeschickte Notverband um sein rechtes Bein war blutdurchtränkt, und Sonja wurde klar, dass sie sich vernünftig um die Wunde kümmern musste. Sie musste Wasser finden; am besten einen Bach oder einen Teich, da es hier offenbar keine Häuser in der Nähe gab, deren Bewohner sie um Wasser und Verbandszeug bitten konnte. Der Gedanke an Wasser machte ihr auch klar, wie hungrig und durstig sie war. Irgendwie musste sie auch etwas zu essen auftreiben. Sie stand auf und warf einen ängstlichen Blick zu den riesigen Büffeln – oder was immer sie nun waren – hinüber, aber die Kolosse beachteten sie gar nicht und grasten einfach weiter. Die Herde hatte sich schon ein gutes Stück von ihr und Nachtfrost entfernt. Entweder hatten sie sie gar nicht bemerkt, oder sie fanden es völlig normal, dass schwarzsilberne Einhörner und verschreckte Mädchen plötzlich mitten zwischen ihnen auftauchten.

Jetzt erst merkte sie, dass ihr Arm wehtat. Und es war warm; viel zu warm für Regenjacke und Pullover. Der Himmel war inzwischen blau und wolkenlos, das Gras voller Blumen, die sie nicht kannte. Offenbar war sie auch in eine andere Zeit gereist: hier war ganz deutlich noch Sommer. Sie zog die Regenjacke aus, aber das nützte nicht viel.

»Wir müssen Wasser finden«, erklärte sie dem Fabelwesen an ihrer Seite. Es schnaubte, und als sie entschlossen losmarschierte – weg von den Büffelmonstern –, folgte es ihr zwar hinkend, aber bereitwillig.

Da hörte sie einen Ruf.
Es war ein lang gezogenes Wort oder mehrere Wörter, die sie nicht verstehen konnte, und es kam aus der Richtung der Riesenbüffel. Eine helle, menschliche Stimme, aber Sonja konnte nicht erkennen, ob sie einem Mädchen, einer Frau oder einem Jungen gehörte. Nachtfrost blieb abrupt stehen, hob den Kopf und blickte zu den Büffeln hin.
Eins der Tiere kam auf sie zu. Die sechs Beine bewegten sich in einem gemächlichen Schlendergang, aber trotzdem zielstrebig vorwärts. Das Tier war so groß, dass selbst Nachtfrost dagegen zierlich wirkte, und Sonja, die mit ihren zwölf Jahren noch immer einen Kopf kleiner war als ihre Schwester Corinna, fühlte sich wie ein Zwerg. Dieses Vieh konnte über sie hinwegtrampeln, ohne sie auch nur zu bemerken! Unwillkürlich griff sie nach der silbernen Mähne. Nachtfrost schnaubte, und dann wurde ihr plötzlich schwindlig. Als sie wieder klar sehen konnte, saß sie erneut auf dem schwarzen Rücken, ohne zu wissen, wie sie hinaufgekommen war. Instinktiv klammerte sie sich fest. Aber diesmal folgte kein wilder Galopp. Nachtfrost hob den Kopf und wieherte dem riesigen Tier entgegen; es klang wie eine Herausforderung.
»Eliu Teithar Elarim!«, kam ein Ruf zurück. Verblüfft schaute Sonja genauer hin. Da saß jemand auf dem Rücken des Tieres!

Die Elarim

Es war ein Mädchen etwa in Sonjas Alter. Sie war sehr dünn und hatte ihre langen dunkelbraunen Haare zu einem Zopf geflochten, der ihr über die Schulter nach vorne hing. Sie trug ein sandfarbenes Hemd und eine Hose, die aus hellbraunem Wildleder zu bestehen schien. Ihr Gesicht war schmal, mit hohen Wangenknochen und tief liegenden, seltsam blassen Augen. Das Seltsamste an ihr war aber ihre Hautfarbe – ein helles Braun, das einen leichten Grauschimmer hatte, als läge eine Schicht Staub darauf. An ihrem Gürtel trug sie einen Lederbeutel und ein langes, gefährlich aussehendes Messer. Völlig verblüfft starrte sie auf Sonja herunter, und Sonja wurde plötzlich klar, dass sie selber nicht weniger seltsam aussah: in ihrem alten blauen Pullover, der abgewetzten Reithose und den schwarzen Reitstiefeln, auf dem Rücken eines schwarzen Einhorns sitzend und mit einem goldenen Amulett um den Hals.

»Hallo«, sagte sie nervös, nahm das Amulett ab und hielt es dem fremden Mädchen an der Kette hin. »Ist das deins? Tut mir leid, ich habe es dahinten gefunden. Ich wusste nicht, wem es gehört.«

Das Mädchen starrte das Amulett an. Einen Moment lang sah sie sehr erschrocken aus, dann warf sie einen Blick auf Nachtfrost und runzelte die Stirn. Sie machte keine Anstalten, das Amulett zu nehmen. Vielleicht fand sie es zu umständlich, von ihrem drei Meter hohen Sitz herunterzuklettern. Jetzt erst erkannte Sonja, dass sie in einer Art

Nest saß, das aus dem dichten Fell des Tieres geflochten war. Die Beine hatte sie durch zwei Löcher in dem Nest gesteckt. Es war wie ein natürlicher Sattel, der sicherste Sitz der Welt.

Sie fragte etwas. Und Sonja erlebte den nächsten Schock. Sie kannte keins der Worte, es war eine völlig fremde, weich klingende Sprache, aber trotzdem verstand sie, was das Mädchen fragte.

»Wer bist du?«

Sie ließ das Amulett sinken. Was sollte sie jetzt sagen? Würde das Mädchen sie überhaupt verstehen? »Ich heiße Sonja«, antwortete sie nervös. »Sonja Berger. Nachtfrost hat mich hergebracht. Ich weiß nicht genau, wie. Da war der Nebel, und eine Straße, und plötzlich waren wir hier. Ist das nicht dein Amulett? Ich hab's da hinten gefunden, ganz nah am Abgrund, und –«

Das Mädchen hob die Hand, und Sonja brach mitten im Satz ab. »Ich verstehe dich nicht«, sagte das Mädchen in der seltsamen fremden Sprache. »Aber wenn der Taithar dir erlaubt, auf seinem Rücken zu sitzen, bist du den Elarim willkommen. Mein Name ist Elri.«

»Taithar?«, wiederholte Sonja verwirrt. Dieses Wort blieb ohne Bedeutung für sie, obwohl sie das Gefühl hatte, es kennen zu müssen. »Ich dachte, er heißt Nachtfrost. Oder ist das euer Wort für Einhorn?«

Elri öffnete den Mund, aber gerade da schnaubte Nachtfrost ungeduldig und drehte sich ein wenig zur Seite, sodass sie die Striemen auf seinen Schultern sehen konnte. Bestürzt rief sie: »Du bist ja verletzt!«

»Am Bein auch«, sagte Sonja. »Kannst du –« Sie unterbrach sich, denn Elri zog die Beine aus ihrem Nest und sprang mit einem Satz aus drei Meter Höhe auf den Boden. Noch während sie sich aufrichtete, zog sie den Beutel von ihrem Gürtel ab und öffnete ihn. Hastig rutschte Sonja von Nachtfrosts Rücken und zeigte auf das blutige Unterhemd um sein Bein. »Ich wollte Wasser suchen, um es auszuwaschen.«

Elri warf ihr einen misstrauischen Blick zu, kümmerte sich aber nicht weiter um sie. Sie holte ein zusammengerolltes Pflanzenblatt aus ihrem Beutel, steckte es in den Mund und kaute darauf herum, während sie den blutigen Verband vorsichtig löste. Ein Zittern lief über Nachtfrosts Fell, aber er senkte den Kopf und blieb still stehen. Sonja stand neben ihm, streichelte seinen Hals und fühlte sich hilflos.

Elri holte ein zweites Blatt heraus, wischte damit vorsichtig das Blut weg und schaute sich die Verletzung genau an. Dann spuckte sie die zerkaute grüne Masse des Blattes in ihre Hand. »Das war ein Messer«, sagte sie, immer noch in dieser weichen, fremden Sprache. »Ein glatter Schnitt, aber von unten. Seltsam. Wer hat das getan?« Aber sie wartete nicht auf eine Antwort, sondern zog ihr eigenes Messer und hielt es Sonja hin. »Schneide damit eine lange Strähne vom Fell des Birjaks ab.«

»Wie bitte?«

»Der Birjak. Da drüben!« Sie machte eine ungeduldige Bewegung zu dem Riesenbüffel hin, der zu grasen begonnen hatte.

›Hilfe‹, dachte Sonja verzweifelt, als sie das Messer nahm und sich dem sechsbeinigen Monster näherte. Dieses Tier war so riesig, dass sie ihm knapp bis zum Bauch reichte. So breit wie ein VW-Bus und doppelt so hoch. Jedes Bein war so dick wie das eines Elefanten. Vielleicht sollte sie sich einfach vorstellen, es wäre ein Elefant. Ein sechsbeiniger Elefant ohne Rüssel, mit zwei langen ... entsetzlich langen ...

spitzen Hörnern und dem Fell eines Mammuts. Überhaupt nicht gefährlich.
Der Birjak hörte auf zu grasen und wandte ihr leicht den Kopf zu. Sonja kreischte, ließ das Messer fallen, rannte zu Nachtfrost zurück und versteckte sich hinter ihm.
Elri schüttelte den Kopf, stand auf, ging zu ihrem Reittier, bückte sich unterwegs nach dem Messer, schnitt eine armlange Strähne von dem zottigen Fell ab und kam zurück, ohne ein Wort zu sagen.
»Es tut mir leid«, sagte Sonja kläglich.
Elri beachtete sie nicht. Sie schmierte die zerkaute Paste auf das zweite Blatt, legte es auf die Wunde und band es mit der Strähne fest. Dann stand sie auf und befestigte den Beutel wieder an ihrem Gürtel. Nachtfrost schnaubte und stieß sie leicht mit dem Maul an, und sie lächelte und sah plötzlich richtig nett aus. Aber das Lächeln verschwand, als sie Sonja anschaute. »Warum hast du ihm nicht geholfen?«
»Was?«, sagte Sonja verdutzt und empört. »Ich habe doch gesagt, dass ich nach Wasser gesucht habe, um das Blut abzuwaschen!«
»Damit hättest du die Wunde nur noch mehr zum Bluten gebracht. Weißt du denn gar nichts über Heilpflanzen?«
»Nein! Woher denn auch? Ich bin noch nie hier gewesen und kenne eure blöden Pflanzen nicht!«
»Dann wird es Zeit, dass du es lernst! Vielleicht solltest du das tun, bevor du hier die Prinzessin spielst!«
»Was? Spinnst du? Ich hab doch überhaupt nichts gemacht!«
»Du reitest auf dem Taithar, du hast das Amulett – das nennst du nichts?«
»Ich wollte dir das Amulett doch zurückgeben! Was kann ich dafür, dass du mich nicht verstehst!« Sie stutzte.

»Moment mal. Du verstehst mich ja doch!«
Und auch Elri sah plötzlich völlig verblüfft aus. »Ich dachte, du könntest meine Sprache nicht?«
»Kann ich auch nicht, ich –« Sie stockte wieder. »Aber ich spreche doch –« Deutsch, wollte sie sagen, aber das konnte doch nicht sein?
»Du hast eine harte, seltsame Sprache gesprochen, als ich dich begrüßt habe«, sagte Elri. »Jetzt sprichst du meine. Gut, dann können wir ja doch miteinander reden. Wie heißt du? Ich bin Elri vom Stamm der Elarim.«
»Ich bin Sonja«, sagte Sonja verwirrt. »Aber ich habe dich schon die ganze Zeit verstanden.«
»Es wird ein Zauber sein«, sagte Elri, als sei es das Selbstverständlichste der Welt. »Warum bist du so komisch angezogen? Woher kommst du?«
Aber bevor Sonja antworten konnte, gab der Birjak plötzlich ein Geräusch von sich, das wie ein Husten klang. Elri drehte sich rasch um und schaute auf die Ebene hinaus. »Ihr müsst weg hier!«
»Was?« Sonja erschrak. »Warum?«
»Keine Zeit! Beeil dich!« Sie griff in das dichte Fell des Birjaks und turnte mühelos nach oben. Nachtfrost stupste Sonja mit dem Horn an, die Welt drehte sich, und schon saß sie wieder auf seinem Rücken. Aus dieser Höhe konnte sie in weiter Entfernung eine schnelle Bewegung sehen, aber noch bevor sie erkennen konnte, was es war, schob sich der riesige Körper des Birjaks davor.
Elri setzte sich in ihrem Nest zurecht. »Ihr müsst euch in der Herde verstecken. An die Birjaks wagen sie sich nicht heran. Beeilt euch!«
»Aber wer –« Weiter kam Sonja nicht. Nachtfrost galoppierte los, und weil sie nicht damit gerechnet hatte, fiel sie

fast herunter. Nur ein hastiger und viel zu fester Griff in seine Mähne retteten sie. Und bevor sie noch recht wusste, was geschah, waren sie schon mitten zwischen den Birjaks, die sie gelassen musterten und dann weitergrasten. Aber beim Grasen rückten sie wie zufällig enger zusammen, bis Sonja und Nachtfrost von einer Mauer aus dunkelbraunem Fell und gefährlichen Hörnern eingeschlossen waren. Sonja hielt den Atem an, aber keins der Tiere kam ihr zu nahe.

Jetzt hörte Sonja schnellen Hufschlag von mehreren Pferden. Sie stoppten, und eine Männerstimme sagte etwas in einem barschen Ton. Die ersten Worte waren noch unverständlich, aber dann schien der Sprachzauber plötzlich wieder zu wirken.

»– schlecht bekommen, Mädchen. Einer von denen ist hier in Duntalye gesehen worden!«

Sonja erschauerte unwillkürlich. Diese Stimme klang böse – viel böser noch als die von Max und seinen ekelhaften Freunden. Die waren wenigstens nur zum Spaß boshaft. Aber die Stimme dieses Mannes klang, als ob er noch nie im Leben freundlich oder heiter gewesen wäre und gar nicht wüsste, wie das ging. Nachtfrost schien die Stimme ebenso wenig zu mögen und legte die Ohren flach zurück. Sie streichelte seinen Hals und hoffte nur, dass er ruhig blieb.

»Es tut mir leid, edler Herr,«, sagte Elri sehr höflich, »aber ich habe ihn nicht gesehen.«

»Verstehe«, sagte der Mann. »Zu welchem Pack gehörst du? Elarim oder Nepe?«

»Duntalye ist das Land der Elarim, edler Herr.«

»Spielt keine Rolle. Du weißt, was passiert, wenn ihr Ärger macht.«

»Wir sind Hirten, edler Herr. Wir wollen bestimmt keinen Ärger machen!«

»Schön. Dann hör mir jetzt genau zu. Sag deinen Leuten, sie sollen Augen und Ohren gut aufsperren. Wenn sie etwas erfahren, sollen sie einen Boten schicken. Und ...«, seine Stimme wurde ein wenig leiser, » ... wenn wir herausfinden, dass ihr etwas damit zu tun habt, schicken wir unsere Boten. Bin ich verstanden worden?«

»Ja, edler Herr«, sagte Elri eingeschüchtert.

Die Reiter galoppierten davon.

Die Birjaks grasten weiter und bewegten sich dabei gemächlich von Sonja und Nachtfrost weg, bis sie Elri und ihr Reittier wieder sehen konnte. Das Nomadenmädchen sah wütend aus, und ihr Gesicht hellte sich auch nicht auf, als das schwarze Einhorn auf sie zutrottete. »Hast du verstanden, was er gesagt hat?«, fragte sie Sonja.

»Ja – die Worte schon. Aber ich weiß nicht, worum es ging. Das hatte doch nichts mit mir zu tun? Wer waren diese Leute?«

»Das war Gundar von Keban, wir nennen ihn den Spürer. Er sucht jemanden.« Sie schaute Sonja lange und nachdenklich an. »Sag mal ... woher hast du eigentlich das Amulett?«

»Ich hab's gefunden. Es hing da hinten, an einer Felskante über dem Abgrund.«

»Hm«, machte Elri. »Und gab es da irgendwelche Spuren? Als ob jemand abgerutscht wäre?«

Bestürzt schaute Sonja sie an. »Meinst du etwa –? Nein! Das Amulett hing nur da.«

»Seltsam«, murmelte Elri. »Hast du die Drohung gehört? Dass er uns seine Boten schicken will?«

»Ja. Was heißt das?«

»Es heißt, dass sie unsere Hütten niederbrennen und uns töten oder verschleppen werden, falls sie auch nur vermuten, dass wir etwas gegen sie planen.« Sie sah jetzt ziemlich blass aus, und Sonja wurde es übel.
»Töten?«, brachte sie heraus.
Elri nickte. »Steck das Amulett unter dein – äh – Wams. Oder was es auch ist. Ich bringe dich in mein Dorf. Die Jeravi – das sind unsere Anführer – müssen entscheiden, was wir jetzt tun.«
»Kann ich nicht einfach wieder nach Hause?«, fragte Sonja.
»Wie denn?«, fragte Elri zurück.
Sonja warf einen Blick auf Nachtfrost, der friedlich graste. »Vielleicht, wenn ich ihn antreibe – aber sein Bein ist so schlimm, dass –«
Elri schüttelte heftig den Kopf. »Sonja, einen Taithar treibst du nicht an! Der trägt dich nur, weil er es will, und er wird genauso schnell oder langsam laufen, wie er es für richtig hält! Verlass dich drauf: Wenn er es will, bringt er dich sicher nach Hause, ganz gleich, was mit seinem Bein ist. Aber bis dahin musst du wohl hierbleiben. Und ich bin sicher, dass es einen Grund gibt, warum er dich hergebracht hat. Arunas Boten – das sind die Taitharas – tun nichts ohne Grund.«
»Aber –«
Elri hörte nicht mehr zu. Sie beugte sich vor und sagte ein paar leise Worte zu ihrem Birjak, der sich daraufhin umzudrehen begann. Nachtfrost nahm die Nase aus dem Gras, schüttelte stolz den Kopf und folgte hinkend dem riesigen Tier, das auf seinen sechs Beinen gemächlich davonschritt.

»Unser Land heißt Duntalye«, erzählte Elri, während sie und Sonja über die Ebene ritten. »Wir folgen den Birjaks auf die Sommerweide zur Küste, und im Winter folgen wir ihnen ins Große Lager bei den Bergen im Norden. Dort treffen wir dann die anderen Stämme. Meine Mutter stammt von den Nepe, und ich habe viele Verwandte dort.«

»Hier nicht?«

»Doch, natürlich! Alle Verwandten meines Vaters, und meine Geschwister! Ich habe drei ältere und vier jüngere Geschwister.«

»Acht Kinder?«, staunte Sonja.

»Und natürlich die Kinder meiner Tanten und Onkel. Hast du keine Geschwister?«

»Doch, eine Schwester und zwei Brüder.« Unvermittelt überfiel sie das Heimweh – nicht so sehr nach der zu kleinen Etagenwohnung oder den ewig meckernden Eltern, sondern nach Philipp. Würde sie ihn überhaupt je wiedersehen? Sie hatte plötzlich einen Kloß im Hals. Jetzt nur nicht heulen! Wonach konnte sie Elri noch fragen?

»Wer ist Aruna?«

»Du weißt wirklich gar nichts!«, stellte Elri verwundert fest und klang in diesem Moment fast wie Melanie. »Aruna ist die Göttin, die das alles hier erschaffen hat! Aber sie ist krank; das Nebelmeer ist ihre Krankheit. Und wir – die Elarim, aber auch die Nepe und die anderen Stämme – verteidigen das Land gegen die schrecklichen Wesen aus dem Nebel.«

Bei dem Gedanken daran, wie nahe sie dem Abgrund gewesen war, wurde es Sonja ganz schlecht. Eigentlich wollte sie gar nicht wissen, was für Monster dort drin hausten. Aber sie fragte es trotzdem, wenn auch mit ziemlich ängstlicher Stimme. »Was … was denn für Wesen?«

»Dämonen«, erwiderte Elri, und Sonja wurde klar, dass ihre erste Idee besser gewesen war. Hätte sie doch nicht gefragt!

Aber Elri fuhr fort: »Zum Glück gibt es hier nur selten welche. Im Osten ist es ganz schlimm.« Sie warf Sonja einen Blick zu. »Aber du brauchst keine Angst zu haben.« Das klang ein wenig überheblich, aber sie entschärfte es sofort: »Ich meine, natürlich sind sie sehr gefährlich, und wir haben auch Angst vor ihnen. Aber solange der Taithar dein Freund ist, passiert dir nichts.«

»Taithar«, wiederholte Sonja langsam. Das Wort fühlte sich seltsam an: fremd und vertraut, beruhigend und einschüchternd zugleich. Nachtfrost schnaubte, und sie streichelte seine Mähne. *Hab keine Angst*, hörte sie – oder hatte sie es nur gedacht?

»Hast du gesagt, die Taithar sind Arunas Boten?«

»Die Taitharas«, korrigierte Elri. »Ja, sie sind die Geweihten der Göttin. Sie haben Zauberkräfte, die stärker sind als die der Schamanen. Und sie können durch den Nebel gehen.« Jetzt wirkte ihr Blick fast scheu. »Nachtfrost ist durch den Nebel gegangen, um dich zu uns zu bringen.«

Sonja erschauerte. »Aber im Nebel leben die Dämonen!«

»Ich verstehe es ja auch nicht«, gab Elri zu. »Ich weiß nur, dass meine Mutter es mir so erzählt hat: Die Taitharas können durch den Nebel in andere Welten gehen. Deshalb sind sie überall so selten – weil sie kommen und wieder gehen, ohne eine Spur.« Sie rieb sich die Nase. »Nur ... normalerweise werden sie dabei nicht verletzt.«

Sonja wusste nicht, was sie dazu sagen sollte. Ganz sicher wollte sie Elri nicht erzählen, dass Nachtfrost im Forstwald von Hunden und Mopedfahrern gejagt worden war. Ein Bote der Göttin ... eigentlich glaubte sie nicht an einen oder mehrere Götter, aber trotzdem hatte sie vom ersten Moment an gewusst, dass etwas Ungewöhnliches an diesem grauen Pferd war.

Eine Weile schwiegen sie beide, ritten einen Hügel nach dem anderen hinauf und wieder herunter, ohne etwas anderes zu sehen als Himmel und Gras. Es schien jetzt Nachmittag zu sein. Über ihnen war der Himmel noch blau, aber im Westen zogen sich blassgraue Wolken vor der Sonne zusammen. Ein Schatten breitete sich über dem Land aus, während sich die Wolken langsam golden färbten. Es war ganz still, nur ein paar Insekten zirpten im Gras. Sonja dachte an den Autolärm zu Hause, an Flugzeuge – nichts dergleichen schien es hier zu geben. Keine Schulen, kein Schwimmbad. Vielleicht erstreckte sich diese leicht hügelige Ebene bis zum Ende der Welt.
Aber schon der nächste Hügel brachte eine Veränderung. Sie ritten hinauf, und als sie den höchsten Punkt erreicht hatten, sah Sonja das Dorf der Elarim, das vor ihnen in der Senke lag.
Auf den ersten Blick sah es wie ein Kreis aus Maulwurfshügeln aus, die sich um einen größeren Hügel gruppierten. Dann erkannte Sonja, dass es kleine runde Hütten waren. Die Dächer schienen aus dunklem Stroh zu bestehen. Straßen gab es nicht, nur schmale Wege, wo das Gras niedergetreten war. Vor zwei Häusern saßen Menschen in kleinen Gruppen zusammen. Sie schienen zu arbeiten; Töpfe und Körbe standen neben ihnen, aber Sonja konnte nicht erkennen, was sie taten.
Elris Birjak gab wieder ein Geräusch von sich; diesmal nicht das warnende Husten, sondern eine Art Muhen. Der Ton war so tief, dass die Erde darunter zu erzittern schien. Die Elarim unterbrachen ihre Arbeit und blickten zum Hügel hoch. Während der Birjak und das schwarzsilberne Einhorn sich wieder in Bewegung setzten, sammelten sich die Leute zwischen den beiden Hütten, die sie zuerst erreichen

würden. Nervös hielt Sonja sich an der silbernen Mähne fest. Was würden diese Leute mit ihr machen? Elri schien freundlich zu sein, aber Sonja hatte das deutliche Gefühl, dass sie ihr bei ihren Erklärungen vorhin doch etwas verschwiegen hatte. Sie wünschte sich plötzlich, Nachtfrost hätte sie nicht mitten in die Birjakherde gebracht, sondern an einen Ort ohne Menschen und seltsame Tiere. Dort hätte sie sich erst einmal in Ruhe umsehen können.

Am Dorfeingang hielt Elri den Birjak an, zog die Beine aus dem Nest und kletterte gewandt herunter. Sonja wollte ebenfalls absteigen, aber Elri schüttelte rasch den Kopf. Nachtfrost schien genau zu wissen, was zu tun war. Noch immer hinkend, aber mit stolz getragenem Kopf schritt er an den Elarim vorbei auf die große Hütte zu und blieb erst dort stehen, Elri an seiner Seite. Die Leute folgten ihm und sammelten sich im Kreis. Niemand sprach. Sonja schaute sich nervös um. Helle Augen in staubigbraunen Gesichtern musterten sie neugierig. Die Leute sahen einander sehr ähnlich, sie hatten alle dunkelbraune Haare und trugen Lederkleidung. Nur die Frisuren und die Verzierung der Kleider war unterschiedlich. Nirgends sah sie Blau oder Schwarz und schon gar kein Silber.

»Eliu Taithar Elarim«, sagte eine tiefe Stimme von der großen Hütte her. Diesen sehr formellen Gruß hatte Sonja schon vorher gehört, und jetzt konnte sie ihn auch übersetzen: »Die Elarim grüßen dich in Frieden, Geweihter. Und auch dich, Yeriye«, fuhr der Sprecher fort. Er war ein alter Mann, der zusammen mit einer alten Frau aus der Hütte getreten war. Ihnen folgten eine jüngere Frau und ein junger Mann, die neben den Älteren stehen blieben.

›Yeriye‹, dachte Sonja, ›Weißhäutige. Das bin ich.‹ »Guten Tag«, sagte sie unsicher und fand, dass es nach dem Gruß

der Elarim sehr flach und langweilig klang. Geradezu unhöflich. Aber der alte Mann nickte nur freundlich.
»Jeravi«, sagte Elri, »Gundar von Keban reitet mit zwölf Gefolgsmännern über die Ebene. Er sucht jemanden, der aus Chiarron verschwunden ist, und er hatte gehört, dass ein Taithar in Duntalye gesehen wurde. Die Birjaks haben uns geholfen, aber ich glaube, er wird wiederkommen.«
Die Elarim murmelten leise; offenbar mochte keiner von ihnen den ›Spürer‹. Die vier Jeravi – Häuptlinge, übersetzte Sonja –, wechselten kurze Blicke, und die alte Frau sagte: »Danke, Elri. Reite zur Herde zurück. Du hast deine Sache gut gemacht. Und du, Yeriye: du wirst hungrig sein. Komm herein und iss.«
Jetzt blickte Elri zu ihr hoch und nickte. Aber Sonja stieg noch nicht ab. »Bitte«, sagte sie. »Ich – ich heiße Sonja. Und mein Pf–, das Ein–, ich meine – der Taithar ist verletzt. Könnt ihr ihm nicht bitte helfen?«
»Wir haben es gesehen«, sagte der junge Mann. »Was ist passiert?«
»Ich weiß es nicht. Ich habe ihn so gefunden. Ich habe die Wunde ausgewaschen, und Elri hat ein Blatt draufgetan, und –« Der junge Mann hob die Hand, und Sonja schwieg. »Wir werden uns darum kümmern. Ihr sollt euch beide ausruhen.«
»Geh schon«, flüsterte Elri ihr zu, und dann drehte sie sich um und lief zu ihrem Birjak.
Widerstrebend rutschte Sonja nun von Nachtfrosts schwarzem Rücken. Er wandte den Kopf und stupste sie freundlich mit dem Maul an. Sie umarmte ihn und passte dabei auf, dass sie die Verletzungen nicht berührte. »Lauf bloß nicht weg«, flüsterte sie. »Lass mich hier nicht allein!«
Hab keine Angst.

Sie schluckte und ließ ihn los. »Schon gut«, murmelte sie. Er schnaubte, wandte sich ab und hinkte von der Hütte weg. Drei Männer folgten ihm.
»Sie werden sich gut um ihn kümmern«, sagte die alte Jeravi-Frau lächelnd, als sie Sonjas ängstlichen Blick bemerkte. »Es ehrt dich, dass du zuerst an ihn denkst. Komm, du wirst müde sein.«
Jetzt erst spürte Sonja, wie hungrig und durstig sie war. Ihr Arm tat noch immer weh, und irgendwie schien dieser Tag viel länger gewesen zu sein als jeder andere Tag in ihrem Leben. Sie wollte sich nur noch in einer Ecke zusammenrollen und schlafen.
Und das tat sie auch. Als sie die große Hütte betrat, zog ihr zwar ein herrlicher würziger Geruch aus einem Kessel über dem Feuer in der Mitte entgegen, aber sie war plötzlich so müde, dass sie stolperte und der dunkle Raum vor ihren Augen verschwamm. Die junge Frau fing sie auf. »Ruh dich aus«, sagte sie freundlich. »Es ist genug Zeit zum Essen und Reden, wenn du wieder aufwachst.«
Sie führte sie zu einem niedrigen Lager. Sonja setzte sich hin, zog mit Mühe ihre Reitstiefel aus, kippte um und war im Nu eingeschlafen.

Nacht auf der Ebene

Sonja erwachte von einem kühlen Windstoß, der ihr Gesicht traf. Sofort war sie hellwach. War da nicht vorhin noch eine Hütte gewesen? Sie riss die Augen auf und starrte wild um sich.

Im ersten Moment erkannte sie nur, dass da tatsächlich keine Hütte mehr war. Und sie lag auch nicht mehr auf dem fellbespannten Holzgestell, sondern saß in einem Nest auf einem breiten Buckel, die Beine durch zwei Löcher gesteckt, und unmittelbar vor ihr ragten zwei endlos lange weiße Hörner nach oben. Der Buckel bewegte sich – tatsächlich bewegte sich alles rings um sie her. Mindestens vierzig riesige Schatten schritten neben ihr gemächlich unter dem sternübersäten Himmel über die Ebene.

Sie saß auf einem Birjak! Und sie trug auch nicht ihre eigenen Kleider, sondern ein Hemd und eine Hose aus Wildleder! Vor Schreck fuhr sie hoch – aber ein Arm um ihren Körper hielt sie fest. Eine Jungenstimme sagte dicht an ihrem Ohr: »Ruhig, Yeriye. Dir passiert nichts.«

»Wer bist du?« Sie wand sich in dem festen Griff, aber er lockerte sich nicht. »Lass mich los! Wo bin ich? Wo ist Nachtfrost? Und Elri? Wo bringst du mich hin? Hilfe!«

»Wenn du so zappelst, fällst du runter!«, sagte der Junge scharf. »Ich bin Lorin, Elris Bruder. Nachdem du eingeschlafen bist, haben die Jeravi sich beraten und beschlossen, dass wir das Lager früher abbrechen als sonst. Wir ziehen nach Norden, zum Winterlager.«

»Ich will aber nicht zu eurem Winterlager! Lass mich runter! Ich will nach Hause! Ich gehöre nicht hierher!«
»Das wissen wir. Was glaubst du, wie weit du kommst, wenn der Spürer dich findet?«
Bei der Erwähnung des Spürers erschauerte Sonja unwillkürlich. Sie wusste selbst nicht, warum sie sich vor diesem Mann, den sie nicht einmal gesehen hatte, so sehr fürchtete. Trotzdem wand sie sich weiter. »Was will er denn von mir?«
»Ich weiß es nicht. Frag die Jeravi, wenn wir anhalten.«
»Hat es etwas mit diesem blöden Amulett zu tun? Ich habe doch gesagt, ich gebe es gerne wieder her! Ich hab's doch nur gefunden! Ich wollte es nicht behalten!«
»Was für ein Amulett?«
»So ein komisches goldenes mit einem Wolfskopf drauf. Hier, ich zeig's dir. Und du kannst es gerne haben!« Sie zog das Amulett an der Kette heraus, streifte die Kette über den Kopf und hielt dem Jungen das Schmuckstück hin – aber er nahm es nicht. Sie spürte, wie er scharf einatmete, als er es sah.
»Steck es wieder ein«, sagte er. »Du solltest es wirklich nicht so offen herumzeigen.«
»Aber ich will es nicht haben!«
»Und ich darf es nicht nehmen.«
»Warum denn nicht?« Noch immer hatte sie sein Gesicht nicht gesehen. Aber er schien jetzt nicht mehr zu erwarten, dass sie etwas Verrücktes tat, und lockerte seinen Griff, sodass sie sich umdrehen konnte.
Im ersten Moment sah sie nur das Weiß der Augen in einem dunklen Gesicht unter einem noch dunkleren Haarschopf. Dann stellte sich ihr Blick richtig ein, und sie sah noch mehr: ein Netz dicker, hässlicher Narben, die sich

über die ganze rechte Gesichtshälfte und den Hals hinunterzogen, wo sie unter einem Lederhemd verschwanden. Der Junge mochte etwas älter als Elri sein, aber jede Familienähnlichkeit war durch die schrecklichen Narben zerstört worden.

Entsetzt starrte sie ihn an. »Was hast du denn gemacht?« Gleich darauf biss sie sich auf die Zunge, aber der Junge zuckte nur die Achseln. »Ich bin als Kind zwischen eine Schattenkatze und ihre Beute geraten«, sagte er so leichthin, als machte es ihm nichts aus. An erschrockene Blicke war er wohl schon gewöhnt. »Ich hatte großes Glück.«

»Glück?« Sie konnte es nicht fassen.

Das vernarbte Gesicht verzog sich zu einem Lächeln. »Sie hätte auch mein Auge erwischen können, Yeriye. So bin ich nur verkrüppelt, aber nicht völlig nutzlos.«

»Tut es sehr weh?«

»Nein, ich kann nur nicht gut laufen«, sagte er ganz sachlich. »Und ich kann auch den Taithar nicht reiten – das kann allerdings keiner von uns. Also musst du das Amulett behalten, damit du damit flüchten kannst, wenn der Spürer uns einholt.«

»Wer ist denn dieser Spürer überhaupt? Was will er von mir? Und was ist das für ein Amulett?«

»Der Spürer ist ein Diener von Ghadan und Aletheia, die in der Festung Chiarron leben. Das ist in den Bergen im Westen, weit jenseits des Flusses. Und Ghadan und Aletheia sind – nun, sie sind sehr mächtig, und sie verlangen von uns Tribut.«

»Was ist das?«

»Das sind Abgaben – Felle, Leder, Jungtiere, Gewürze. Eben alles, was wir haben oder herstellen.«

»Und ihr gebt es ihnen nicht.«

Lorin lachte leise. »Oh, doch. Selbstverständlich tun wir das. Sehen wir vielleicht wie Krieger aus, die sich wehren könnten? Wir sind Hirten, Yeriye.«

Sonja wusste nicht, was sie darauf antworten sollte. Schließlich sagte sie nur: »Nenn mich nicht so. Ich heiße Sonja.«

»Entschuldige«, sagte Lorin sofort. »Ich wollte dich nicht kränken.«

Sie nickte.

Nach einer Pause fuhr er fort: »Jedenfalls ist der Spürer einer von denen, die den Tribut einsammeln und nach Chiarron bringen. Das wäre nicht so schlimm, schließlich sind wir ja bereit, den Frieden zu halten. Aber ...« Er verstummte.

»Aber was?« Allmählich fand Sonja es richtig gemütlich auf dem Rücken des Birjak. Die Bewegung war fast gleitend, wie der Tölt eines Islandpferdes, nur etwas langsamer. Die ganze Herde bewegte sich so vorwärts: ruhig, gleitend, unaufhaltsam. Die Menschen auf ihren Rücken waren still oder unterhielten sich leise. Lorin hustete leicht, und sie drehte sich in ihrem Nest halb um, damit sie ihn ansehen konnte.

»Der Spürer ist böse«, sagte der Junge. »Ich weiß nicht, ob du es fühlen kannst. Wir können es, und wir haben Angst vor ihm. Er hat schon zwei Lager niedergebrannt, nur weil er sich über irgendwas ärgerte. Und Elri sagte, dass er diesmal besonders widerlich war.«

Sonja erschauerte. »Wen sucht er denn? Er kann doch nicht wissen, dass ich hier bin, oder?«

Aber Lorin wich ihrem Blick aus. »Darüber kann ich dir nichts sagen. Du musst die Jeravi fragen.«

»Es hat mit dem Amulett zu tun, ja?«

»Frag die Jeravi.«

»Und mit Nachtfrost?«
»Frag die –«
»Wo ist er überhaupt? Was ist mit seinem Bein? Ist er in Ordnung?« Sie fing an, die Beine aus dem Nest zu ziehen. Lorin hielt sie noch immer fest – und plötzlich konnte sie es nicht mehr ertragen. »Lass mich los, du Blödmann!«, schrie sie ihn an. »Glaubst du vielleicht, ich falle von einem Vieh runter, das zehnmal so breit ist wie ein Pferd? Meine Beine sind in Ordnung!«
Ohne ein Wort ließ er sie los, und sofort hatte sie ein schlechtes Gewissen. Aber sie war jetzt so wütend, dass sie nicht weiter darüber nachdachte. Wie kamen diese Leute dazu, sie gegen ihren Willen durch die Gegend zu schleppen? Sie zog die Beine an, kniete sich hin und stand dann auf, die Beine leicht angewinkelt und die Arme ausgestreckt, um das Gleichgewicht zu halten. So musste sich Voltigieren auf einem Elefanten anfühlen.
Sie schaute über die vielen dunklen Tier- und Menschengestalten hinweg. »Nachtfrost!«, schrie sie. »Nachtfrost, wo bist du?«
Dann sah sie ihn: Weit vor der Herde jagte ein Geschöpf aus Licht und Dunkelheit über einen Hügel. Mähne und Schweif schimmerten wie Sternenlicht. Bei ihrem Schrei hielt er jäh an, drehte sich um und bäumte sich hoch auf. Dann fiel er wieder in Galopp und preschte geradewegs auf die Herde zu. Die Birjaks ließen sich davon nicht stören, verlangsamten nicht einmal ihren Schritt, aber dennoch strebten sie auseinander und bildeten eine Schneise. Nachtfrost jagte mitten hinein, hielt direkt neben Lorins Reittier an und warf sich herum. Er schaute zu Sonja hinauf und schnaubte.
Du hast viel zu lange geschlafen!

Sie verlor alle Angst und Wut. Ganz plötzlich fühlte sich alles richtig an. »Halt an«, sagte sie zu Lorin, ohne ihn anzusehen. »Ich will absteigen.«
Auf ein leises Wort von ihm hielt der Birjak an, knickte in den Knien ein und legte sich langsam und vorsichtig hin. Sonja warf einen ratlosen Blick nach unten. Sie war noch immer mindestens zwei Meter vom Boden entfernt. Aber Nachtfrost schob sich neben den Birjak, und sie hockte sich hin, stieß sich ab – und saß sicher auf seinem Rücken.
Er wieherte laut und trabte los. Sonja beugte sich vor und vergrub ihre Hände in der silbernen Mähne. Selbst der Geruch war vertraut, ganz anders als der scharfe Rindergeruch der Birjaks. »Lauf los«, flüsterte sie. »Bring mich nach Hause!«
Sofort fiel er in Galopp. Keine Spur von Lahmheit war mehr zu fühlen, und die hässlichen Striemen auf seinen Schultern waren verschwunden. Wenigstens hatten sich diese Leute gut um ihn gekümmert. Aber jetzt wollte Sonja nur noch weg. Nachtfrost galoppierte an den Birjaks vorbei hinaus auf die Ebene, schneller und immer schneller, bis selbst die Sterne sich aufzulösen schienen. Aber trotzdem veränderte sich nichts. Sie waren noch immer auf der Ebene unter einem fremden Himmel. Und irgendwann wurde Nachtfrost langsamer, schlug einen großen Bogen und kehrte zu den Elarim zurück. Er wirkte heiter und zufrieden – als sei alles genau so, wie es sein sollte.
Sonja dagegen war völlig verwirrt. Warum funktionierte der Wechsel zwischen den Welten nicht mehr? Wollte Nachtfrost sie nicht heimbringen? Oder konnte er es nicht? Was war das für ein verrückter Zauber?
»Sonja!« Das war Elri, die ihr Birjak aus der wandernden Herde heraus antrieb und auf sie zukam. »Das war

wunderschön«, sagte sie strahlend. »Ich wünschte, der Taithar ließe mich auch mal reiten! Aber natürlich geht das nicht.«

»Warum denn nicht?«, fragte Sonja überrascht. »Mich lässt er doch auch –«

»Das ist etwas ganz anderes!« Elri wartete keine Frage ab. »Die Jeravi Ganna möchte dich sprechen. Komm!«

Ihr Birjak fing an, sich umzudrehen, aber Sonja hob die Hand. »Warte!«

Die Bewegung stockte. Neugierig blickte Elri zu ihr hinab. »Ja?«

»Wie komme ich wieder nach Hause?«

»Der Taithar trägt dich über die Grenze«, sagte Elri bereitwillig.

»Aber –« Sonja biss sich auf die Lippe. Dann hob sie trotzig den Kopf. »Ich habe ihn gerade darum gebeten. Er hat es nicht getan!«

»Natürlich nicht! Dafür braucht er den Nebel, und außerdem trägst du das Amulett. Komm! Ganna wird dir alles erklären!«

Es blieb Sonja nichts anderes übrig, als ihr und dem Birjak zu folgen.

Ganna war die alte Frau, die schon mit Sonja gesprochen hatte. Sie ritt nicht auf einem Birjak, sondern saß auf dem Kutschbock eines offenen Wagens, der von zwei antilopenähnlichen Tieren gezogen wurde. Auf dem Wagen lagen große, in Leder gewickelte Packen, eine Menge langer Holzstangen und zehn große runde Kugeln aus einem Material, das wie dickes Papier aussah. Noch drei solcher Wagen folgten der Herde, aber in der Dunkelheit konnte Sonja nicht erkennen, wer sie lenkte. Ganna lächelte ihr mit ziemlich dunklen Zähnen zu, hielt den Wagen an und klopfte neben sich auf den Kutschbock. »Setz dich zu mir, Yeriye Sonja. Danke, Elri.« Und im gleichen höflichen Ton: »Danke, Nachtfrost.«

»Marash Jeravi«, antwortete Elri ebenso höflich. ›Es war dein Wille, Anführerin‹, übersetzte Sonja für sich. Es verblüffte sie immer wieder, dass sie diese völlig fremde Sprache verstehen und sprechen konnte, als sei sie damit geboren.

Sie rutschte von dem schwarzen Rücken des Einhorns und kletterte auf den Wagen. Nachtfrost schnaubte, bäumte sich spielerisch auf und trabte leichtfüßig davon. Ganna schaute ihm lächelnd nach, dann wandte sie sich an Sonja. »Sitzt du bequem, Yeriye?«

»Ich heiße Sonja«, sagte Sonja, aber es klang bei Weitem nicht so patzig wie vorhin bei Lorin. »Und ich bin nicht weißer als andere Leute bei uns!«

Ganna zog die Brauen hoch. »Es ist nicht abwertend gemeint, Kind.« Sie hob die Zügel und trieb die Antilopen mit leichtem Schnalzen an. »Aber ich verstehe, dass du verwirrt bist.«

»Ich will nur nach Hause. Aber Nachtfrost–«

»Scht«, sagte die Alte freundlich. »Du fängst am falschen Ende an. Hat man dir nicht beigebracht, dass Geschichten immer vom Anfang an erzählt werden müssen? Erzähl mir deine Geschichte.«

»Ich habe doch Elri schon alles erzählt. Ich habe Nachtfrost verletzt gefunden, und dann kamen ein paar Jungs auf ihren–« Sie stockte. Es gab kein Wort für ›Moped‹ in dieser Sprache. Sollte sie sie vielleicht ›rollende Pferde‹ nennen? Oder etwa ›Pferde auf Rädern‹? »– jedenfalls wollten sie mir etwas antun, und dann kam Nachtfrost angaloppiert und brachte mich – brachte mich hierher. Ich dachte, er wäre ein Schutzgeist, aber dann habe ich gesehen, dass er ein Einhorn ist. Mehr weiß ich nicht.«

Ganna hörte zu und nickte. »Wer hat ihn verletzt?«

»Ich weiß nicht. Die Wunde sah schlimm aus, ganz voller Eiter. Elri sagt, er ist mit einem Messer angegriffen worden.« Allein beim Gedanken daran wurde ihr schon schlecht. »Glauben Sie, dass das stimmt?«

»Ja«, sagte die alte Frau. »Ich habe mir die Wunden angesehen. Sie stammten von einem Messer und einer Peitsche. Aber was du vielleicht nicht weißt, ist, dass die Taitharas sich eigentlich leicht selbst heilen können, wenn sie verletzt werden.«

»Aber warum hat er es dann nicht getan?«

»Das weiß ich nicht.« Ganna lenkte die Antilopen einen Hügel hinauf – und Sonja hielt ganz plötzlich den Atem an. Dicht über dem Horizont stand ein blutroter Mond, fast dreimal so groß wie der, den sie kannte. Die Birjaks waren riesenhafte Schatten, wie Scherenschnitte vor der roten Scheibe. Noch nie hatte sie so etwas Fremdartiges gesehen. Und es war so schön, dass sie von einem Moment zum anderen ihr Heimweh vergaß. Am liebsten wäre sie bis in alle Ewigkeit so weitergezogen: über die weite Ebene unter dem riesigen fremden Mond.

»Was ist das hier für eine Welt?«, flüsterte sie.

Auch Ganna betrachtete den Mond, dessen Glanz ihr Gesicht rötlich färbte. »Wir haben keinen Namen für sie«, antwortete sie ruhig. »Wie nennen sie nur ›die Welt‹. Aber unser Land heißt Parva, und wir sind die Parvai.«

Verwirrt schaute Sonja sie an. »Ich dachte, ihr – Elri sagte doch, sie wäre eine Elarim.«

»Die Elarim sind nur einer von sieben Stämmen der Parvai. Westlich von hier leben die Ava und die Teshante, nördlich von hier leben die Nepe, und im Osten leben die Lorej, die Marui und die Kari. Früher gab es im Norden auch noch die Enat, aber jetzt nicht mehr.«

»Was ist denn passiert?«, fragte Sonja beklommen.

»Das kann ich dir jetzt nicht erzählen. Wichtig ist nur, dass wir Stämme in Frieden miteinander lebten. Aber vor einigen Jahren zogen die Teshante in die Berge und bauten die Festung Chiarron. Ghadan und Aletheia, ihre Anführer, fordern Tribut, und wir bezahlen ihn. Aber wir haben gehört, dass sie sich damit nicht länger zufriedengeben. Ihr Ziel ist es, alle Stämme zu unterwerfen. In diesem Jahr werden wir im Winterlager nicht nur Hochzeiten vereinbaren und Feste feiern. Wir werden besprechen, ob wir zum Kampf gegen die Teshante rüsten sollen.«

Schlagartig war das Gefühl, auf dieser Welt bleiben zu wollen, verschwunden. Entsetzt hielt Sonja den Atem an.

»Aber – was soll ich denn dann da?«

»Hab keine Angst – dein Weg führt nicht ins Winterlager, Yeriye.« Ganna schnalzte wieder mit der Zunge, und die Antilopen liefen ein wenig schneller. »Du sollst zu Veleria gehen.«

»Wer ist denn das?«

»Sie ist eine Anführerin der Tesca, die östlich des Flusses leben. Veleria wohnt eine Tagesreise von hier entfernt am See. Du sollst ihr das Amulett geben, das du gefunden hast.«

»Aber wieso? Warum kann ich es euch nicht geben? Das geht mich doch alles gar nichts an!«

»Doch, Sonja«, sagte Ganna. »Nachtfrost hat dich zu uns gebracht, damit du genau das tust.«

»Das kann doch gar nicht sein! Ich habe das blöde Ding doch nur zufällig gefunden! Ich will es nicht haben! Und ich

will es auch nicht irgendwohin bringen! Macht das doch selbst!« Ohne nachzudenken, riss Sonja sich das Amulett vom Hals und schleuderte es in hohem Bogen weit weg ins Gras.
Ganna zog die Zügel an, und die Antilopen blieben stehen. Die alte Frau schaute dorthin, wo das Amulett im Gras lag und im Mondlicht schimmerte, und dann schaute sie Sonja an, die wütend und herausfordernd zurückstarrte, obwohl ihr unter dem ruhigen Blick zunehmend unbehaglich wurde.
Auch die anderen Wagenlenker hielten an, während die Birjaks noch ein Stück weiterzogen und dann zu grasen begannen. Selbst in der Dunkelheit spürte Sonja, dass die Nomaden sie ansahen, und ihr wurde ganz heiß.
»Was?«, begehrte sie auf, obwohl Ganna gar nichts gesagt hatte. »Ihr könnt mich nicht zwingen!«
»Nein«, sagte Ganna, »das können wir nicht. Aber wir können dich bitten, uns zu helfen. Das Amulett gehört Veleria und muss ihr zurückgebracht werden.«
»Kann sie es nicht abholen?«
Sofort merkte Sonja, dass das eine ganz dumme Frage gewesen war, wenn sie auch nicht wusste, warum. Ganna schaute sie einen Moment lang völlig ausdruckslos an und sagte dann knapp: »Nein.«
»Aber wenn sie es hier verloren hat –«
»Ich vermute, dass es ihr gestohlen wurde.«
»Aber –«
»Und zwar von jemandem, der es nach Chiarron bringen wollte. Doch scheint er es hier in Duntalye verloren zu haben.« Sie musterte Sonja nachdenklich. »Du hast es an der Küste gefunden, nicht wahr?«
Sonja nickte. »Ganz dicht am Abgrund.« Unwillkürlich

fröstelte sie. Eigentlich wollte sie nicht an diesen Abgrund erinnert werden. Plötzlich fiel ihr etwas ein. »Könnte es der Spürer gewesen sein, der es gestohlen hat? Dieser Gundar von – von –«

»Keban«, sagte Ganna. »Ja, vielleicht. Das würde auch erklären, warum er Elri ausgefragt hat – aber er fragte nach einer Person, nicht nach einem Gegenstand. Und nach dem Taithar.«

»Würdet ihr ihm das Amulett denn geben, wenn er euch danach fragen würde?«

Ganna lachte leise. »Jetzt hast du mich erwischt. Nein, das würden wir nicht. Es gehört Veleria und muss ihr zurückgegeben werden. Aber wir können das nicht tun.«

»Und warum nicht?«

Eigentlich war Sonja noch immer wütend, aber gegenüber Gannas unveränderter Freundlichkeit fiel es ihr doch recht schwer.

»Weil wir es nicht anfassen können«, antwortete Ganna schlicht. »Es verbrennt uns die Haut.«

Ungläubig starrte Sonja erst sie, dann das Amulett an. »Was? Aber ich –«

»Ganz richtig. Du konntest es anfassen und dir die Kette um den Hals hängen. Ich weiß nicht, ob es daran liegt, dass du aus einer fremden Welt stammst, oder daran, dass der Taithar dich auserwählt hat. Ich weiß auch nicht, wer es bis zur Küste gebracht und dort verloren hat. Ich weiß nur, dass es bis in alle Ewigkeit dort drüben im Gras liegen wird, wenn du es nicht aufhebst.«

In diesem Moment hoben die Birjaks die schweren Köpfe aus dem Gras und drehten sich zu Sonja und Ganna um. Einer stieß das tiefe Husten aus, das Sonja schon einmal gehört hatte. Die drei anderen Wagenlenker schauten über die

Schultern. »Reiter, Jeravi!«, rief eine helle Stimme. »Sie kommen im Galopp auf uns zu!«
»Das ist der Spürer!«, rief einer der Wagenlenker. Er trieb seine Zugtiere heftig an und lenkte den Wagen zwischen die Birjaks, die sich wie eine lebende Wagenburg aufbauten und die Köpfe mit den gefährlichen Hörnern nach außen richteten.
»Aruna«, murmelte Ganna – und plötzlich packte sie Sonja am Arm. »Hör zu, Mädchen. Vergiss, was ich dir gesagt habe. Steig auf den Taithar und rette dich! Kein Pferd kann es mit den Taitharas aufnehmen!«
Sonja fuhr heftig zusammen. »Was? Aber was wird mit euch? Und mit dem Amulett?«
Die alte Frau lächelte, aber es war eher eine verzerrte Grimasse. »Mach dir um uns keine Sorgen. Du schuldest uns nichts. Los, runter vom Wagen!«
Sie gab Sonja einen Stoß, der sie fast kopfüber hinunterbeförderte. Hastig sprang Sonja ins Gras. »Aber ich kann doch nicht –«
»Keine Zeit, Kind. Lauf!« Sie schlug den Antilopen die Zügel über den Rücken, und die Tiere trabten sofort an und strebten auf die Birjaks zu.
Wild schaute Sonja sich um. Die Reiter kamen erschreckend schnell näher; im Mondlicht konnte sie die einzelnen Gestalten schon voneinander unterscheiden. Etwas blitzte im Mondlicht auf. Waren das Schwerter?
Plötzlich hörte sie Hufschlag, und Nachtfrost war neben ihr. Er schnaubte laut, warf den Kopf hoch und schlug mit den Hufen hart auf den Boden. *Steig auf!*
Und sie wusste ganz genau: Wenn sie jetzt aufstieg, würde er sie geradewegs nach Hause bringen. Durch den Nebel zurück in ihre eigene Welt, in Sicherheit.

Einer der Reiter stieß einen lauten Ruf aus. Gannas Wagen verschwand gerade zwischen den Birjaks, die die Lücke sofort wieder schlossen. Im nächsten Moment zischte etwas dicht an Sonjas Kopf vorbei. Nachtfrost stieß ein wildes, zorniges Wiehern aus und bäumte sich auf. Sonja fuhr herum. Dicht neben ihr steckte noch zitternd ein Speer im Gras.

Steig auf! Es war wie ein Schrei in ihrem Kopf.

Ohne nachzudenken, rannte sie los, griff das Amulett aus dem Gras – und fuhr mit einem Aufschrei zurück, als ein zweiter Speer an ihr vorbeijagte und sich in die Erde bohrte, wo gerade noch das Amulett gelegen hatte. Fast hätte sie es fallen gelassen. Aber wieder war Nachtfrost plötzlich neben ihr. Diesmal griff sie sofort in seine Mähne und wurde nach oben gerissen. Noch ehe sie sich zurechtsetzen konnte, galoppierte das schwarze Einhorn los. Mähne und Schweif peitschten im Wind. Sonja kauerte sich auf dem breiten Rücken zusammen, krallte sich in der Mähne fest und warf einen Blick nach hinten. Die Reiter trieben ihre Pferde an und folgten ihr, und dann sah sie, wie einer der Männer den Arm hob, weit ausholte und einen weiteren Speer nach ihr schleuderte.

Nein. Nicht nach ihr.

Nachtfrost!

Da wurde das Amulett in ihrer Hand plötzlich heiß und strahlte wie eine Sonne auf. Rings um das galoppierende Einhorn wurde es taghell, und der Speer flog geradewegs in das Licht hinein – und flammte auf und rieselte als harmloses Aschehäufchen zu Boden. Das Licht erlosch. Nachtfrost jagte durch die Nacht, Mähne und Schweif schimmernd im Mondlicht, und ließ die Reiter und alle Speere weit hinter sich zurück.

Erst jetzt merkte Sonja, dass sie am ganzen Körper zitterte. Diese Leute hatten versucht, sie zu töten – wegen des Amuletts? Oder weil sie ein Einhorn ritt? Und das Amulett hatte sie gerettet. ›Wahrscheinlich irgendein Zauber‹, hörte sie Elri sagen, und seltsamerweise war es eine beruhigende Erinnerung. Auf dieser Welt war Zauber normal.
Sie unterdrückte den Impuls, das Amulett weit wegzuschleudern, und schaute es sich genau an. Es leuchtete jetzt nicht mehr. Der Wolfskopf war aus dem schwarzen Stein herausgeschliffen worden und schien ihren Blick zu erwidern. Vielleicht hatte nicht das Amulett sie gerettet, sondern Veleria – wer auch immer das war? »Danke«, flüsterte sie und erwartete schon fast eine Antwort, aber es gab keine.
Noch immer zitternd, hängte sie sich die Kette wieder um den Hals und beugte sich tief über Nachtfrosts Mähne. Das Einhorn wurde ein wenig langsamer und galoppierte so gleichmäßig weiter, als würde es niemals ermüden.
Allmählich verschwanden die Hügel, und die Ebene war nun ganz flach und dehnte sich bis zum Horizont. Sonja versuchte, darüber nachzudenken, was sie jetzt tun sollte – aber eigentlich war es ihr schon klar. Sie hatte das Amulett an sich genommen, also musste sie es Veleria zurückbringen. Hätte sie es nicht mitgenommen, wäre sie jetzt vielleicht schon zu Hause. Stattdessen galoppierte sie durch die Nacht einer fremden Welt, ohne etwas zu essen oder zu trinken und ohne die geringste Ahnung, wie sie die Aufgabe erledigen sollte, die Ganna ihr gestellt hatte. Eigentlich wäre sie viel lieber noch eine Weile mit den Elarim durch die Gegend gezogen, um sich an alles zu gewöhnen. Selbst die Birjaks erschienen ihr jetzt gerade wie eine sichere Zuflucht.

Aber wenigstens war sie nicht allein. Sie streichelte Nachtfrosts schwarzen Hals und erhielt ein freundliches Schnauben als Antwort, aber er galoppierte unbeirrt weiter. Sonja drehte sich auf seinem Rücken halb um und schaute nach hinten, konnte aber keine Spur der Reiter oder der Birjakherde mehr entdecken.
Weiter, immer weiter ... irgendwann merkte sie, dass die Sterne am Himmel zu verblassen begannen. Vor ihr wurde der Himmel allmählich heller. Immer wieder kamen sie an einzeln stehenden Bäumen vorbei. Sie war jetzt so müde, dass sie die Augen kaum mehr offenhalten konnte, und so bekam sie gar nicht richtig mit, dass es immer mehr Bäume wurden. Erst als Nachtfrost in Schritt fiel und dann stehen blieb, schreckte Sonja hoch und merkte, dass sie die Ebene verlassen hatten und sich in einem Wald befanden.
Im Morgenlicht sah der Wald still und friedlich aus. Nichts regte sich unter den hohen, geraden Bäumen, nur ein paar Vögel zwitscherten. Sonja rutschte von Nachtfrosts Rücken und schaute sich um. Jeder Knochen tat ihr weh; noch nie war sie so lange geritten. »Was jetzt? Wohnt hier Veleria?«
Nachtfrost schnaubte, senkte den Kopf und begann zu grasen. Offenbar war ihm nur nach einer Pause zumute. Sonja zögerte. Sie konnte sich doch nicht einfach hinlegen und einschlafen? Aber sie war zu müde, um lange darüber nachzudenken, und das Gras sah so weich und einladend aus ... vielleicht konnte sie ein bisschen dösen und Nachtfrost beim Grasen zusehen. Sie setzte sich hin und lehnte sich mit dem Rücken gegen einen silbriggrauen Stamm. Innerhalb von zwei Minuten war sie fest eingeschlafen.

Darian

Philipp begleitete Melanie nach Hause. Nicht, weil er sich Sorgen um ihre Sicherheit machte oder weil er sie plötzlich lieber mochte als vorher, sondern nur, um mit ihr darüber zu reden, was mit Sonja passiert sein konnte. Sie gingen zu Fuß. Philipp stellte sein Moped zu Hause ab und ging dann neben Melanie her, die ihr Fahrrad schob. Sie musste ihm noch einmal erzählen, was am Freitag passiert war, und als sie den Ärger erwähnte, den sie zu Hause wegen des verlorenen Handys bekommen hatte, fragte er nochmals nach dem seltsamen Jungen, den sie gefunden hatte.
»Meine Mutter hat den Krankenwagen für ihn gerufen«, erzählte sie. »Ich wollte ihn jedenfalls nicht noch mal treffen – der war echt eklig. Er hatte ein riesiges Messer und hat mich angeknurrt! Der war verrückt!«
»Hat er denn etwas gesagt?«
»Ja, schon, aber ich hab's nicht verstanden. Italienisch oder Türkisch oder so war es nicht. Vielleicht Schwedisch? Weil er so blond war, meine ich. Aber der war auf jeden Fall verrückt, mit seinem blöden Messer.«
»Kannst du herausfinden, in welches Krankenhaus sie ihn gebracht haben?«
»Wieso? Besuchen will ich den ganz bestimmt nicht!«
»Aber ich«, sagte Philipp. »Vielleicht hat er ja irgendetwas gesehen oder gehört.«
»Wegen Sonja?« Bestürzt schaute sie ihn über ihr Fahrrad hinweg an. »Daran habe ich ja gar nicht gedacht …«

»Hm«, machte Philipp nur; offenbar hatte sie ihn gerade wieder in seiner Meinung über dreizehnjährige Mädchen bestärkt. »Vielleicht hat er ja auch dein Handy noch. Dann kann er es dir zurückgeben, und deine Mutter kommt wieder von der Decke runter.«
»Gute Idee! Ich frage sie mal, ob sie weiß, was das für ein Krankenhaus war!« Sie waren vor der Haustür des Bungalows der Familie Vittori angekommen, und Melanie zögerte. »Ähm ... möchtest du reinkommen?«
Philipp lachte nur. »Ganz sicher nicht. Ich warte hier.«
Melanie wurde rot und wusste keine Antwort. Also drehte sie sich nur um und ging zur Tür, wobei sie fieberhaft überlegte, wie sie ihrer Mutter erklären sollte, dass der kriminelle Philipp Berger vor dem Haus stand.
Ihre Mutter wartete schon im Flur, und das Funkeln in ihren Augen verhieß nichts Gutes. »Melanie Vittori! Was hat dieser Kerl hier verloren? Und du redest auch noch mit ihm! Habe ich dir nicht erst gestern verboten, mit diesen Leuten in Kontakt zu bleiben?«
Melanie biss sich auf die Lippe. »Mama – Sonja ist verschwunden!«
»Na und? Was geht uns das – Moment. Sagtest du verschwunden? Wie verschwunden? Ausgerissen? Ah, das habe ich mir gleich gedacht. In dieser Familie braucht man sich über gar nichts zu wundern! Enrico! Hast du das gehört? Die Tochter von Bergers ist ausgerissen!«
»Ich habe nur etwas von verschwunden gehört«, klang es unter dem Esstisch hervor, wo Herr Vittori gerade ein lockeres Holzbein festschraubte. Mit gerötetetem Kopf tauchte er wieder auf. »Was ist passiert, Mela?«
Melanie schniefte und zog die Nase hoch. Mit einer Miene eisiger Missbilligung reichte ihre Mutter ihr ein Taschen-

tuch, und sie schnäuzte sich kräftig hinein. »Sonja ist weg. Sie ist zum Waldhof gefahren, wegen – wegen – der Ponys, und ihr Fahrrad ist noch da, aber ganz zerbeult, und sie ist weg.«
»Ihr Fahrrad ist noch da?« Herr Vittori fuhr sich durch seine verschwitzten Haare und sah danach aus wie ein grauer Igel. »Das ist aber gar nicht gut. Und ihr Bruder ist draußen?«
Melanie nickte. »Ich habe doch diesen verletzten Jungen gefunden. Der, wegen dem ich das Handy verloren habe. Philipp sagt, er hätte vielleicht etwas gesehen. Mama, in welches Krankenhaus haben sie ihn gebracht?«
»Das weiß ich nicht«, sagte die Mutter, aber sie sah jetzt auch nachdenklich aus. »Warte mal.«
Sie ging hinüber zum Telefon und wählte auswendig eine Nummer und wartete.
»Guten Tag, Vittori. Ich habe gestern einen Krankenwagen für einen verletzten ausländischen Jungen zum Forstwald gerufen. Können Sie mir sagen, in welches Krankenhaus Sie – ja, danke. Ich warte. Was soll das heißen, Sie können es mir nicht sagen? Sind Sie eine Aushilfe? Haben Sie meinen Namen nicht verstanden? Vittori. Vittori! Ganz genau. Ganz richtig. Ich kann sehr gerne auch mit Ihrem Vorgesetzten – ach, das ist nicht nötig? Sehr schön. Das Städtische? Gut, vielen Dank. Auf Wiederhören.«
Melanie strahlte. Manchmal war es doch richtig nützlich, einflussreiche Eltern zu haben. »Danke, Mama!« Sie rannte nach draußen.
»Städtisches Krankenhaus«, sagte Philipp. »Schön, dann schwinge ich mal die Hufe. Bis später.«
»Kann ich nicht mitkommen?«
»Ich dachte, du wolltest den Kerl nie wiedersehen? Keine

Sorge, ich bringe dir dein Handy schon vorbei. Nicht dass es nachher heißt, ich wäre auch noch ein Dieb.«

Melanie wurde knallrot. »Das ist es nicht! Aber Sonja ist meine Freundin!«

Philipp lachte nur, und sie verabscheute ihn mehr denn je. Aber endlich gab er nach. Jetzt blieb nur noch das Elternproblem. Melanies Mutter war dagegen, dass ihre Tochter auch nur einen Schritt in der Gesellschaft »dieses Kriminellen« tat, aber nach einer hitzigen Diskussion gab sie dann doch nach. Sie verlangte nur noch, dass Melanie die dreckigen Klamotten ausziehen und sich etwas Vernünftiges anziehen sollte.

Melanie zog sich in fliegender Eile um und stürzte nach draußen, bevor die Eltern es sich doch noch einmal anders überlegten.

Philipp hatte tatsächlich auf sie gewartet, und sie machten sich auf den Weg zum Krankenhaus.

Dort angekommen, stießen sie gleich an der Pforte auf das erste Hindernis.

»Wir möchten einen Jungen besuchen, der am Freitag eingeliefert wurde«, sagte Philipp zum Pförtner. Der Mann blickte kaum von seiner Zeitschrift auf. »Name?«

»Äh ...« Philipp warf Melanie einen Blick zu – und sie wurde rot. »Ich weiß nicht.«

»Ohne den Namen kann ich euch nicht durchlassen.« Der Pförtner vertiefte sich wieder in die Zeitschrift.

»Er hatte ein Messer«, sagte Melanie verzweifelt. »Und sein Fuß war verletzt. Und er hatte ganz komische Kleider an und sprach kein Deutsch. Und er hat mein Handy!«

»Tut mir leid. Nur Verwandtenbesuch. Spezielle Anweisung vom Chefarzt.«

»Also ist er hier?«, fragte Philipp rasch.

»Ich darf keine Auskunft geben«, erwiderte der Pförtner und machte das Sichtfenster seiner Loge zu.
Philipp beugte sich vor und klopfte gegen die Scheibe. Der Pförtner sah auf, runzelte die Stirn und machte das Fenster wieder auf. »Was ist denn noch?«
»Jakob Stürmer«, sagte Philipp. »Der letzte Woche einen Mopedunfall hatte. Der ist doch noch auf Station drei, oder?«
Der Mann warf einen kurzen Blick in sein Stationsbuch. »Ja, der ist noch da.«
»Danke vielmals«, sagte Phlipp liebenswürdig und marschierte geradewegs zum Aufzug. Melanie hastete hinter ihm her und konnte kaum glauben, wie einfach das gewesen war.
»Seltsam, oder?«, sagte Philipp, während sie nach oben fuhren. »Normalerweise darf hier jeder rein. Irgendwas stimmt mit deinem Findelkind nicht.«
»Vielleicht ist er schwer verletzt und liegt auf der Intensivstation?«
»Das kriegen wir dann schon raus. Zuerst gucken wir mal in jedes Zimmer rein, weil wir unseren Vetter Jakob besuchen wollen und die Zimmernummer vergessen haben.«
Damit handelten sie sich einige erstaunte und auch verärgerte Blicke von Patienten, Besuchern und Krankenschwestern ein, doch schließlich hatten sie Glück. Im letzten Zimmer auf der rechten Seite antwortete niemand auf ihr Klopfen, und als Philipp trotzdem die Tür öffnete, sahen sie einen Jungen, der im Bett lag und zu schlafen schien.
»Das ist er!«, flüsterte Melanie aufgeregt, und sie schlüpften hinein. Philipp schloss sorgfältig die Tür hinter sich. Sie traten ans Bett und schauten den Jungen an, und Melanie

hatte das Gefühl, dass er viel kleiner und jünger aussah, als sie ihn in Erinnerung hatte. Vielleicht, weil sein Gesicht jetzt ganz friedlich war und nicht zu einer hässlichen Grimasse verzerrt. So sah er sogar recht hübsch aus, fast ein wenig zart. Seine blonden Haare waren gewaschen und gekämmt worden, und er steckte in einem gepunkteten Schlafanzug.

»Was machen wir jetzt?«, flüsterte sie. »Sollen wir ihn aufwecken?«

Philipp trat nahe an das Bett heran und schaute sich den Jungen genau an. »Brauchen wir gar nicht. Sonja sieht genauso verkrampft aus, wenn sie nachts um eins ein Buch unter der Bettdecke versteckt. He, du, spar dir die Mühe, wir wissen, dass du wach bist.« Er streckte die Hand aus, hielt aber inne, als der Junge mit klarer und kalter Stimme sagte: »Wenn du mich anfasst, bringe ich dich um.«

Erschrocken trat Melanie einen großen Schritt zurück. Philipp ließ die Hand sinken, und der Junge öffnete die Augen, setzte sich auf und starrte sie hasserfüllt an.

»Oha«, sagte Philipp gänzlich unbeeindruckt. »Du hast wohl zu viele Horrorfilme gesehen? Schön, wir wollen dich nicht stören. Du hast Melanies Handy vom Feld mitgenommen. Rück es heraus.«

Der Junge warf einen Blick auf Melanie und schien sie jetzt erst zu erkennen; plötzlich sah er sehr argwöhnisch aus. »Was soll ich mitgenommen haben?«

»Das Handy. Sie hat es fallen gelassen, als du mit dem Messer herumgefuchtelt hast. Oder hast du es den Sanitätern gegeben?«

»Ich habe keine Ahnung, wovon du redest«, sagte der Junge feindselig. »Falls du das bunte Kästchen meinst, das ist da in der Truhe.«

»Buntes Kästchen? Truhe?« Philipp drehte sich zu Melanie um, aber sie zuckte nur verwirrt mit den Schultern. Er zog die Schublade des Nachtschränkchens auf. »Buntes Kästchen ... tatsächlich, hier haben wir's ja.« Er warf es Melanie zu, und sie fing es auf. »Nicht einschalten, sonst kriegen wir Prügel vom Personal. Hör mal«, wandte er sich wieder an den Jungen, »ich möchte dich etwas fragen. Ich heiße übrigens Philipp, und das da ist Melanie. Wie kam es, dass du da im Feld gelegen und dir den Fuß gebrochen hast?«

»Das geht euch überhaupt nichts an.«

»Schön. Du hast also einfach so gemütlich bei Kälte und Nebel im Schlamm gelegen, fühltest dich wohl und hast dir die Gegend angesehen. Ist dir dabei zufällig ein Mädchen aufgefallen – klein und mager, glatte braune Haare, in Reitklamotten? Möglicherweise zusammen mit einem lahmenden grauen Pferd?«

Etwas Lauerndes trat in den Blick des Jungen. »Nein. Warum sollte ich so ein Mädchen gesehen haben?«

»Weil sie verschwunden ist«, sagte Melanie unglücklich. Sie konnte diesen Jungen überhaupt nicht leiden, aber etwas in seiner Stimme und seiner Haltung sagte ihr, dass er ihnen etwas verheimlichte. »Sie ist meine beste Freundin!«

»Und meine Schwester«, fügte Philipp hinzu. »Sie ist heute zusammen mit diesem Pferd verschwunden – die Spuren hörten mitten im Feld auf. Ganz in deiner Nähe übrigens. Wenn du gestern irgendwas gesehen hast, sag es uns lieber. Meine Eltern wissen noch nichts davon, und ich möchte ihnen die Polizei lieber ersparen.«

Der Junge schwieg. Eine Weile starrte er brütend vor sich auf die Decke. Dann sagte er abrupt: »Helft mir, hier rauszukommen, dann sage ich euch, was ich weiß.«

Philipp zog die Brauen hoch. »Wie bitte? Wieso willst du

hier raus? Mit deinem gebrochenen Fuß solltest du lieber eine Weile liegen bleiben.«
»Ach was!«, sagte der Junge wütend. »Der Fuß ist heil!«
»Du konntest doch gestern nicht einmal aufstehen!«, rief Melanie entgeistert.
»Aber jetzt kann ich es. Ich hab mich selbst geheilt, na und? Eure Heiler tun so, als hätten sie so etwas noch nie gesehen, und wollen mich nicht gehen lassen. Aber ich lasse diese Bande nicht noch mehr Nadeln in mich hineinstechen! Also, helft ihr mir?«
»Du spinnst!«, rief Melanie. »Du kannst dich doch nicht selbst heilen!«
»Warte mal«, sagte Philipp. »Du da – wie heißt du eigentlich? Beweise uns, dass du laufen kannst. Steh mal auf.«
»Ich heiße Darian«, sagte der Junge. Dann machte er eine Pause, als ob er auf etwas wartete.
»Schön, Darian«, sagte Philipp, »dann zieh dich an und komm, bevor –«
»Ich bin Darian von Chiarron«, unterbrach ihn der Junge mit eisiger Stimme. »Und du erteilst mir besser keine Befehle, oder es wird dir leidtun!«
Melanie starrte ihn an, aber Philipp zuckte nur die Achseln. »Klar, ich zittere ja auch schon. Willst du nun hier raus oder nicht?«
Der Junge warf ihm einen wütenden Blick zu, schleuderte die Bettdecke zurück und sprang mit einem Satz aus dem Bett. Kein Zweifel: Er konnte völlig ohne Schwierigkeiten stehen und gehen. »Ich wäre längst geflohen, wenn ich wüsste, wie ich aus dieser Burg herauskomme! Aber hier sieht ja alles gleich aus! Seid ihr Bedienstete? Wer herrscht hier?«

»Der Fuß ist in Ordnung, aber der Kopf hat was abbekommen«, stellte Philipp fest. »Ich glaube, wenn du so weiterfaselst, lassen wir dich besser hier.«
»Also keine Bediensteten«, murmelte Darian. Er wirkte jetzt nur noch verwirrt. »Ich weiß nicht, wo meine Kleider sind. Mein Messer haben sie mir weggenommen.«
»Ich seh mal nach.« Melanie ging rasch zum Schrank, öffnete ihn und fand darin, ordentlich zusammengelegt und frisch gewaschen, das braune Hemd und die Hose, die Darian bei ihrer ersten Begegnung getragen hatte. Sie warf ihm die Sachen zu. »Ich warte draußen, Philipp, ja?«
Philipp nickte. »Pass auf, ob jemand kommt.«
Sie verließ das Zimmer und blieb draußen stehen. Darian von Chiarron. Das war ein komischer Name. Wofür hielt der Kerl sich eigentlich? Steckte er in einem Live-Rollenspiel oder hatte er zuviel Fantasy gelesen? Auf jeden Fall fand sie ihn widerwärtig, frech, arrogant und unerträglich albern. »Buntes Kästchen« – als hätte er im Leben noch kein Handy gesehen! Nannte das Krankenhaus eine Burg und fragte, ob sie und Philipp Diener wären! Der hatte sie ja nicht mehr alle!
Zum Glück war der Flur gerade leer, sonst hätte sicher eine Krankenschwester sie gefragt, warum sie hier draußen herumlungerte. Nach kaum einer Minute steckte Philipp den Kopf zur Tür hinaus. »Ist die Luft rein?«
Melanie nickte hastig.
»Okay«, sagte Philipp. »Los, zum Aufzug – aber langsam. Wir wollen ja nicht auffallen.« Er öffnete die Tür, und Darian schlüpfte hinaus. Nicht auffallen? Er sah aus wie aus einem Fantasyfilm – barfuß, wilder Blick, die Haare viel zu lang, Hemd und Hose aus einem ganz merkwürdigen Stoff … ebenso hätte Philipp einem Pfau im Hühnerhof befehlen

können, nicht aufzufallen. Melanie unterdrückte ein etwas hysterisches Kichern und zwang sich, langsam neben den beiden herzugehen. Wirklich großartig – Melanie Vittori, einzige Tochter einer bekannten Rechtsanwältin und eines Richters, schmuggelte gerade einen Verrückten aus dem Krankenhaus! Das würde sie ihrer Mutter heute Abend ganz bestimmt nicht erzählen.

Sie gingen den Flur hinunter, bogen um die Ecke – und fielen fast über den Essenswagen, der von einer Schwester geschoben wurde. »Vorsicht!«, rief die Frau – und dann erkannte sie Darian und riss die Augen auf. »Augenblick mal! Du sollst doch hierbleiben!«

»Lauft!«, rief Philipp, und sie rannten los. Nicht zum Aufzug, wie Melanie gedacht hatte, sondern direkt zur Treppe. Philipp riss die Tür auf, und sie stürzten hindurch und rannten die zwei Etagen hinunter, durch noch eine Tür, durch die Eingangshalle, vorbei an dem verdutzten Pförtner, durch die Drehtür – schneller, schneller! – und hinaus auf die Straße, wo Darian geradewegs vor ein Auto lief. In letzter Sekunde riss Philipp ihn zurück auf den Bürgersteig. »Bist du irre?«, brüllte er ihn an. »Pass gefälligst auf!«

Darian war totenblass und starrte Philipp nur wortlos an. In diesem Moment wurde Melanie schlagartig alles klar. Darian war nicht verrückt! Er war nur – fremd. »Philipp – er kennt keine Autos! Und keine Handys! Er weiß überhaupt nicht, was das hier alles ist!«

Philipp blinzelte. »Was? Aber – oh, zum Teufel! Egal! Los, kommt!«

Sie rannten den Bürgersteig entlang und um die Ecke, wo Philipp das Moped abgestellt hatte. Dort hielten sie an. »Darian, du setzt dich hinter mich und hältst dich an mir fest«, befahl Philipp. »Melanie, du musst laufen und dein Fahrrad holen. Wir treffen uns am Waldhof!« Er schwang sich auf das Moped, wartete, bis Darian hinter ihm saß, und startete den Motor. »Festhalten, Darian!« Und im Nu knatterten sie die Straße hinunter und waren weg.

Auf dem Weg zum Waldhof wurde es schon dunkel. Nebel kroch aus der Erde, die Luft war kalt, klamm und grau. Nieselregen sprühte Melanie ins Gesicht, als sie querfeldein radelte und wie beim Motocross über kleinere Unebenheiten im Gelände preschte. Eine dichte Wolkendecke hing über dem Wald, der düster und unfreundlich aussah. Komischerweise machte es Melanie nicht viel aus. Sie war zu beschäftigt damit, über Darian nachzudenken. Wo kam er her? Wie war er hergekommen? Wie konnte er seinen gebrochenen Fuß innerhalb von einem Tag heilen lassen? Und was wusste er über Sonja?

Philipps Moped stand auf dem Hof, und sie hörte Stimmen aus Mickys und Bjarnis Stall. Es versetzte ihr einen Stich – viel zu lange hatte sie nicht an die beiden gedacht. Aber hatte es überhaupt noch einen Sinn, an sie zu denken? Sie waren weg und würden nie wiederkommen.

»Melanie, bist du das?« Philipp kam zur Stalltür. »Ah, gut. Komm rein. Wir haben es kalt und ungemütlich, genau das Richtige für einen netten Sonntagabend.«

»Philipp, meinst du nicht, wir sollten lieber woanders hingehen?«

»Nee«, sagte Philipp und verschwand wieder im Stall. Es blieb ihr nichts anderes übrig, als das Rad abzustellen und ihm zu folgen.

Darian hockte oben auf der halbhohen Boxentür, die nackten Füße auf dem rissigen Holz. Im Halbdunkel konn-

te sie ihn nur undeutlich erkennen, aber seine Stimme war klar verständlich.
»Irgendwo hier wurde ein Zauber gewirkt«, sagte er. »Nur ein schwacher Zauber, und es ist schon eine Weile her. Aber er ist noch deutlich zu spüren.«
»Zauber«, sagte Philipp. »Das dürfte der Schlüsselbegriff sein, stimmt's? Woher kommst du, Darian? Wie hat es dich hierher verschlagen?«
Der fremde Junge zögerte. Endlich sagte er: »Mein – hm – Reittier hat mich abgeworfen. Als ich zu mir kam, lag ich dort draußen am Waldrand, und sie –«, er machte eine Bewegung zu Melanie hin, »stand vor mir und redete. Ich verstand kein Wort, aber dann setzte ein Sprachzauber ein, und ich hörte, wie sie sagte, ich sei verrückt. Dann zog sie eine Waffe oder ein Zaubergerät oder was immer das bunte Ding ist. Ich bedrohte sie, und sie lief weg. Etwas später kam ein Wagen ohne Pferde. Ein paar Männer in Weiß untersuchten mich, banden mich auf einer Trage fest und brachten mich in dieses – Haus.« Er zögerte wieder. »Ich wollte nicht mit ihnen reden. Sie waren grob und unhöflich und gaben mir hässliche Namen. Was heißt ›medizinisches Wunder‹? So haben sie mich genannt, nachdem ich mich geheilt hatte.«
»Das heißt, dass sich hier bei uns niemand einfach so selbst heilen kann«, sagte Philipp, der ihm aufmerksam zugehört hatte. »Aber du hast meine Frage nicht beantwortet. Woher kommst du?«
Darian biss sich auf die Lippen. »Ich habe es euch gesagt. Aus Chiarron.«
»Ich dachte, das ist dein Name«, sagte Melanie.
»Ja, natürlich.« Er hob den Kopf und legte eine unglaubliche Arroganz in seine nächsten Worte – die umso ko-

mischer klangen, weil er in einem alten Schuppen wie ein Affe auf einer Boxentür hockte. »Ich bin Darian von Chiarron, Thronerbe von Parva. Und ich verlange, freigelassen zu werden, damit ich zu meinem Volk zurückkehren kann.«

Melanie hatte das Gefühl, sehr dringend kichern zu müssen. Sie biss sich hart auf die Lippe und schaute hastig zur Seite. Philipp räusperte sich und grinste ein wenig. »Ja, okay. Du bist übrigens schon frei, falls du das nicht gemerkt hast. Und wo liegt dieses – Parva? Ist das ein Land?«

»Allerdings ist das ein Land!«, fuhr Darian ihn an. »Es liegt oberhalb des Nebels – also bring mich zur Küste, dann klettere ich schon alleine hoch!«

»Da gibt's leider ein Problem«, sagte Philipp trocken. »Wir haben hier keine Küste.«

»Aber das hier ist doch das Versunkene Land, oder etwa nicht? Ich bin doch in den Abgrund gestürzt!«

»Hör mal, Darian«, sagte Philipp, »es ist mir ziemlich egal, in welchen Abgründen du dich gerade befindest. Ich hab keine Zeit für so einen Kram, ich will meine Schwester finden. Du hast gesagt, du wüsstest etwas über sie. Also schieß los.«

Darian zögerte. Dann hob er den Kopf und schaute Philipp gerade ins Gesicht. »Ich weiß nichts über deine Schwester. Es tut mir Leid. Ich wollte nur aus diesem Haus heraus kommen und brauchte eure Hilfe. Aber –«

»Das ist doch wohl das Letzte!«, brauste Philipp auf »Du kleiner, mistiger –«

»Nun warte doch. Es tut mir wirklich Leid! Vielleicht kann ich euch ja helfen!«

»Es kann dir auch Leid tun! Wir haben hier stundenlang unsere Zeit mit dir verschwendet, statt sie zu suchen! Ihr kann wer weiß was passiert sein!«

»Phillipp«, sagte Melanie. »Hat sie dir denn gar nicht gesagt, was sie vorhatte?«
»Natürlich hat sie das graue Pferd gesucht. Offenbar wimmelt es in diesem Wald von herumstreunenden Gäulen.« Er machte eine Pause und warf Darian einen scharfen Blick zu. »Sag mal du hast doch gesagt, dein Pferd hätte dich abgeworfen und sei abgehauen. Ist es vielleicht dasselbe Pferd? Ist es zufällig grau und halb verhungert?«
»Was?«, fuhr Darian empört auf. »Nein! Ich lasse meine Pferde nicht verhungern! Und außerdem ist es kein Pferd. Ich kenne euer Wort dafür nicht. Es ist groß und schwarz, mit silberner Mähne und silbernem Schweif. Und es hat ein Horn auf der Stirn, mit dem es euch töten kann, wenn es will.«
»Jetzt reicht's!«, sagte Philipp scharf, und Darian blieb stehen und drehte sich um. »Du erzählst hier schon einen ganzen Haufen Blödsinn, aber wenn du glaubst, dass du uns mit Einhörnern kommen kannst, dann –«
»Philipp!« Melanie hatte wie erstarrt dagestanden, aber jetzt schrie sie fast seinen Namen. Verärgert drehte er sich zu ihr um. »Was?«
»Philipp – Sonjas Zeichnung! Auf ihrem Tisch! Das war auch ein schwarzes Pferd mit silberner –«
Philipp zuckte zusammen. »Bist du sicher?«
»Ja, natürlich! Darian, kann es sein, dass sie dein – dein –«
»Weiß ich nicht«, sagte er bitter. »Es könnte sein, ja. Und wenn das hier nicht das Versunkene Land ist, dann bin ich wohl nicht mehr in meiner Welt, wie ich gedacht hatte. Stattdessen hat der Taithar deine Schwester in meine Welt gebracht. Und ohne ihn komme ich nicht zurück. Ich bin hier gestrandet.«

Im Kristallwald

Ein Klingeln wie von winzigen Glöckchen schlich sich in Sonjas Schlaf und weckte sie schließlich auf. Sie öffnete die Augen und sah nichts als hohes Gras, durch das ein leichter Wind strich. Wo war sie? Verwirrt setzte sie sich auf und rieb sich die Augen. Es dauerte einen Moment, bis sie sich daran erinnerte, wie sie hergekommen war. Nachtfrost stand neben ihr. Er graste nicht mehr, sondern hatte den Kopf gehoben und schien angespannt zu lauschen.

»Was ist? Kommt jemand?«

Er reagierte nicht, nur seine Ohren bewegten sich. Sonja horchte, aber sie konnte nicht erkennen, woher das Klingeln kam. Es mussten unzählige Glöckchen sein, aber das Geräusch kam nicht näher und schien sich auch nicht zu entfernen. Gefährlich klang es jedenfalls nicht.

Sie stand auf und wischte sich Gras und Erde von ihrem Wildlederhemd und der Hose. Zum ersten Mal sah sie ihre neue Kleidung bei Tageslicht. Es waren schöne Stücke, hellbraun, mit Fransen und bunten Perlenstickereien wie bei den Indianern. Ob sie ihren Pullover, die Jeans und ihre Reitstiefel wohl je wiedersah? Vielleicht würde sie sie durch Zauberei wieder tragen, sobald sie nach Hause zurückkehrte. Aber im Moment war sie ganz froh, keine Reitstiefel zu tragen. Die Lederschuhe waren viel bequemer.

Sie war durstig, und ihr Magen knurrte vernehmlich und erinnerte sie daran, dass sie noch überhaupt nichts gegessen hatte, seit sie in diese Welt gekommen war. Wie lange war das her? Einen Tag? Schon zwei? War es nicht erst am vergangenen Abend gewesen? Seitdem war so viel passiert, dass es ihr schon viel länger vorkam. Aber wo sollte sie hier etwas zu essen finden? Sie wusste ja nicht einmal, welche Jahreszeit es war. Und selbst wenn es Herbst war, wusste sie nicht, welche Beeren und Früchte hier essbar waren.

Wahrscheinlich musste sie einfach warten, bis sie bei Veleria war. Die Frau würde ihr bestimmt etwas geben.

Nachtfrost wandte den Kopf zu ihr, schnaubte leise und schnupperte an ihrer Hand. Sie streichelte sein Maul, dann seine Stirn, wobei sie darauf achtete, das Horn nicht zu berühren. Es war ihr zwar nicht unbedingt unheimlich, aber in allen Geschichten hatte das Horn eines Einhorns magische Kräfte, und sie wollte diese Kräfte lieber nicht herausfordern.

»Was machen wir jetzt? Du weißt doch bestimmt, wo diese Veleria wohnt, oder? Ist es noch weit?«

Er schnaubte wieder.

»Das ist echt blöd. Warum kann ich dich manchmal verstehen und manchmal nicht?«

Er schüttelte den Kopf, dass Mähne und Ohren flogen. Es sah so albern aus, dass sie lachen musste. Als er stillhielt, griff sie in die Mähne, aber zu ihrer Überraschung geschah nichts. Sie runzelte die Stirn. »Stimmt was nicht? Soll ich nicht reiten?«

Er stupste sie nur mit dem Maul an.

»Du willst doch nicht, dass ich alleine da hochklettere, oder? Du bist viel zu groß!«

Auf Mickys oder Bjarnis Rücken war sie immer problemlos hinaufgekommen. Einfach einen Schritt zurück, Schwung holen und rauf! Aber das waren Ponys gewesen, keine Einhörner von der Größe eines Friesen! Bisher war ihr gar nicht aufgefallen, wie groß und kräftig ihr Einhorn tatsächlich war. Mit den grazilen, glitzerweißen Fantasyeinhörnern, die sie bisher in Büchern oder Filmen gesehen hatte, hatte Nachtfrost jedenfalls nichts gemein.

Sie schaute sich nach etwas um, das sie als Leiter benutzen konnte, aber da war nichts außer Gras und Bäumen und dem ständigen Klingeln, das sie allmählich doch nervös machte. Wo kam es nur her?

Egal – sobald sie auf Nachtfrosts Rücken saß, konnten sie davongaloppieren und das Klingeln weit hinter sich lassen.

»Du bist echt albern«, sagte sie zu dem schwarzsilbernen Zauberwesen. »Glaubst du vielleicht, ich hab eine Leiter dabei?«

Das Schnauben klang, als ob er sie auslachte. Er wandte sich ab und trottete los. Sonja rannte ihm nach. »He! Was soll das? Warte!«

Er blieb kurz stehen und wartete, bis sie ihn eingeholt hatte, dann trottete er weiter. Es blieb ihr nichts anderes übrig, als neben ihm herzulaufen, bis sie einen Baumstumpf oder Felsen fand oder er sie selber wieder auf seinen Rücken holte.

Vorläufig sah es allerdings nicht so aus. Er ging so langsam, dass Sonja mühelos Schritt halten konnte, aber reiten lassen wollte er sie offenbar nicht. Trotzdem hielt sie sich an seiner Mähne fest – nur für alle Fälle.

Dem Klingeln entkam sie so jedenfalls nicht. Es kam von allen Seiten, auch von oben; mal etwas stärker, mal schwächer. Sie schaute nach oben ins Laub der silbergrauen Bäume, konnte aber nur ein Glitzern hoch über ihr erkennen. Endlich gab sie es auf und konzentrierte sich auf ihren Weg.

Seltsamerweise gab es einen Weg, obwohl dieser Wald absolut kein Forstwald war. Hier hatte bestimmt noch nie ein Mensch einen Baum gefällt. Die Bäume ließen einander viel Platz, und zwischen ihnen wucherte Gestrüpp, hier und da wuchs ein Schößling, aber es gab auch Bäume, die vom Blitz getroffen worden oder zu alt gewesen und umgestürzt waren. Manche hatten Schneisen in den Wald gerissen, andere hatten sich in den umstehenden Bäumen verhakt. Der Weg, kaum mehr als ein schmaler Fußpfad, schlängelte sich zwischen den Stämmen hindurch, wo gerade Platz war. An manchen Stellen war er so schmal, dass Sonja Nachtfrosts Mähne loslassen und hinter ihm gehen musste. Es gab auch ein paar morastige Stellen, wo sie ausweichen und sich durchs Gestrüpp schlagen musste, während Nachtfrost einfach mitten hindurchplatschte und das auch noch zu genießen schien.
Sie waren vielleicht eine Stunde unterwegs, und Sonjas Magen knurrte immer lauter, als Nachtfrost plötzlich wie angewurzelt stehen blieb und lauschte. Sonja hielt ebenfalls an, aber sie hörte nichts außer dem Klingeln in den Bäumen.
»Was ist denn?«
Er legte die Ohren an und warf den Kopf hoch, und sie klappte erschrocken den Mund zu. Aber es war schon zu spät; sie waren bemerkt worden.
Ohne Vorwarnung tauchten von überall her kleine braunhäutige Wesen auf. Sie reichten Sonja kaum bis zur Hüfte, trugen zerlumpte graue Kittel und hatten wirre gelbe Haare, die offenbar nie gekämmt wurden. Im ersten Moment fand Sonja sie lustig und musste lachen, aber dann sah sie die Gesichter. Es waren menschenähnliche Gesichter, mit Augen, Nase und Mund an den richtigen Stellen, aber die

Augen waren tückisch und böse, die Nasen krumm und schief, und die Münder waren riesig und voller spitzer Reißzähne. Jedes der Wesen war mit Pfeil und Bogen bewaffnet, und blitzschnell hatten sie Sonja und Nachtfrost eingeschlossen, spannten die Bögen und zielten.
Sie schrie auf. Nachtfrost stand reglos, zitternd, mit fest angelegten Ohren. Seine Augen blitzten drohend, und die Wesen hielten reichlich Abstand von seinem Horn und den Hufen. Nicht einmal beim Näherkommen des Spürers hatte sie ihn so wütend gesehen.
Eins der Wesen sagte etwas in einer rauen, zischelnden Sprache. Sonja verstand kein Wort; der Sprachzauber schien nicht zu wirken. Aber die Bedeutung des Befehls verstand sie rasch genug: Die Wesen begannen, sie von Nachtfrost wegzudrängen, wobei sie unverändert auf sie zielten.
»Lasst mich in Ruhe! Hilfe! Nachtfrost!«
Er warf den Kopf hoch, rührte sich aber nicht. Und sie begriff auch, wieso: Bei der kleinsten Bewegung würden sie nicht auf ihn schießen, sondern auf sie. Verzweifelt dachte sie nach. Was konnte sie tun? Das Amulett! Es hatte sie vor dem Spürer gerettet – vielleicht half es ihr auch hier! Sie hob die Hand zum Kragen, um es herauszuziehen – und sofort spannten sich die Bögen noch mehr. Sie erstarrte. Die kleinen Ungeheuer bleckten ihre scheußlichen Zähne. Schon war sie fast zehn Meter von Nachtfrost entfernt. Die Wesen trieben sie auf eine Lichtung zu, auf der wohl doch einmal ein größerer Kahlschlag stattgefunden hatte. Wurzelreste von umgestürzten Bäumen standen dort inmitten von Gras und Gestrüpp. Am Rand der Lichtung befand sich ein großer Felsbrocken, der leicht nach vorne geneigt war und bestimmt guten Schutz bei Regen bot – nur leider schützte er sie nicht gegen diese Monster.

Plötzlich stieß Nachtfrost ein gellendes Wiehern aus, und gleichzeitig hörte sie einen Schrei in ihrem Kopf: *Unter den Felsen! Renn!*

Sie dachte nicht darüber nach. Die Wesen fuhren bei dem Schrei herum, und sie stieß zwei von ihnen beiseite und rannte auf den Felsen zu. Mit einem Hechtsprung landete sie unter dem Überhang – und keine Sekunde zu früh, denn aus den Bäumen stürzte ein Hagel von glitzernden, scharfkantigen Kristallen auf die überraschten Gnome herab. Einige wurden getroffen und fielen um. Die anderen schienen sich aufzulösen, in der Erde zu versinken oder mit ihr zu verschmelzen – und plötzlich waren sie alle weg. Als der Hagel aufhörte, waren nur noch drei tote Gnome zu sehen, die rasend schnell zu Erde zerfielen und verschwanden. Der Boden war übersät mit Kristallen, doch auch sie schmolzen wie Schnee im Frühling und hinterließen nur ein paar Pfützen.

Sonja kauerte unter dem Felsen und zitterte am ganzen Körper. Nachtfrost kam zu ihr, senkte den Kopf und stupste sie liebevoll an. Sie schlang ihre Arme um seinen Kopf und brach in Tränen aus. Nachtfrost hielt geduldig still, aber schließlich schnaubte er doch. Sonja schniefte, wischte sich die Tränen ab und nickte. »Du hast ja recht. Ich komme schon. Wir müssen diese Veleria finden.«

Diesmal beförderte der Griff in seine Mähne sie wieder auf seinen Rücken. Sie fing allmählich an, das ganz normal zu finden, und dachte gar nicht darüber nach. Nur weg aus dieser scheußlichen Gegend! Nachtfrost war wohl der gleichen Meinung, denn er trabte sofort los.

Als sie den Weg erreichten, hatte Sonja plötzlich das deutliche Gefühl, beobachtet zu werden, und Nachtfrost hielt an, ohne dass sie ihm ein Zeichen dazu gab. Rasch

drehte sie sich um und schaute zurück zu dem Felsen, der sie vor den Eiskristallen geschützt hatte.
Aber da war kein Felsen mehr. Wo er gestanden hatte, vor der Lichtung mit den dunklen, bedrohlich wirkenden Wurzelstöcken, stand jetzt eine große, klobige Gestalt, die wie aus Steinen zusammengefügt aussah, und schaute Sonja und Nachtfrost nach. Dann hob sie langsam die Hand wie zu einem Winken.
Sonja starrte das Wesen fassungslos an. Was war das jetzt wieder?
Troll, klang Nachtfrosts Stimme in ihrem Kopf.
In allen Geschichten, die Sonja je gelesen hatte, waren Trolle schreckliche Monster, die Menschen fraßen und bei Tag zu Stein erstarrten. Sie fuhr heftig zusammen. Aber Nachtfrost blieb ganz ruhig, neigte sogar ein wenig den Kopf vor der klobigen Gestalt – und Sonja wurde plötzlich klar, dass dieser Troll der Felsen gewesen war, der sie gerettet hatte. Zögernd hob sie die Hand und winkte ihm vorsichtig zu.
Der Troll winkte noch einmal, und dann sank er in sich zusammen und war wieder ein Felsen. Nachtfrost schnaubte und trabte los.
Sonja setzte sich auf seinem Rücken zurecht. »Warum hast du mich vorhin nicht reiten lassen?«, fragte sie. »Wir hätten doch einfach vor diesen Monstern wegrennen können!« Aber er schüttelte nur den Kopf und trabte weiter.
»Naja«, sagte sie nach einiger Zeit, »vielleicht hast du recht. Die hätten einfach mit ihren widerlichen Pfeilen auf uns geschossen.« Unwillkürlich erschauerte sie. Nachtfrost schnaubte.
»Und du wusstest, dass sie da waren, oder? Oder zumindest da sein könnten?«

Er schnaubte wieder. Aber ob das nun eine Zustimmung oder Verneinung war, konnte sie nicht sagen.
Nach und nach legte sich der Schrecken, aber sie war jetzt viel aufmerksamer und schaute sich ständig um. Diese Wesen waren aus der Erde gekommen, und jeder Felsen konnte ein Troll sein. Vielleicht waren auch die Bäume gar keine richtigen Bäume? Ob es so etwas wie Baumgeister gab, die sie vielleicht jetzt gerade beobachteten? Bei dem Gedanken fühlte sie sich sehr unbehaglich.
Hol das Amulett heraus, hörte sie. *Trag es offen.*
»Gute Idee.« Das hatte sie ja vorhin ohnehin tun wollen. Sie zog das Amulett heraus. »Sind wir jetzt bald da? Ich hab ganz schön Hunger.«
Er schüttelte nur den Kopf und trabte weiter.

Velerias Haus

Den ganzen Vormittag über blieb es bewölkt, aber gegen Mittag kam die Sonne durch und tauchte den Wald in grüngoldenes Licht. Sonja schaute beunruhigt nach oben – was, wenn die Eiskristalle in den Bäumen zu schmelzen begannen und der nächste Hagel auf sie heruntersauste? Aber es tropfte nur ab und zu ein wenig, wie nach einem heftigen Regenschauer.

Also hielt sie lieber nach etwas Essbarem Ausschau, denn ihr Magen knurrte inzwischen gewaltig. An einer kleinen Quelle hielten sie an und tranken, und zu Sonjas Erleichterung kam nichts Schlimmeres aus dem Wasser als ein großer brauner Frosch, der hastig ins Dickicht hüpfte. Dann ritt sie weiter den Weg entlang, der sich tiefer und tiefer in den Wald schlängelte und sich gelegentlich im Gras verlor. Dreimal war Sonja davon überzeugt, dass sie ihn längst verloren hatten, aber Nachtfrost ging unbeirrt weiter, und irgendwann konnte sie den schmalen Trampelpfad dann auch wieder erkennen.

An das Klirren und Klingeln der Eiskristalle hatte sie sich mittlerweile gewöhnt und lauschte nur noch den übrigen Geräuschen des Waldes – Vogelrufen, die sie nicht kannte, hin und wieder ein Schnarren in weiter Ferne oder das Keckern kleiner brauner Geschöpfe, die in den Bäumen herumturnten und die sie für Eichhörnchen oder etwas Ähnliches hielt. Hin und wieder hörte sie allerdings auch ein Zischeln, das fast so klang wie die Sprache der schreck-

lichen kleinen Gnome, aber Nachtfrost blieb ganz ruhig und legte nicht einmal die Ohren an.
Eigentlich war dieser Wald viel schöner als der langweilige Forstwald zu Hause, dessen Wege schnurgerade und von Traktoren ausgewalzt waren und dessen Bäume alle in geraden Reihen standen. Dort gab es nichts Gefährlicheres als Wildschweine, und trotzdem hatte ihre Mutter immer so getan, als drohe ihrer Tochter eine tödliche Gefahr, sobald sie allein zum Waldhof fuhr. ›Da sollte sie mal sehen, was hier herumläuft‹, dachte Sonja. Ganz allein war sie zwar nicht, weil ja Nachtfrost bei ihr war. Aber die Unterhaltungen waren doch etwas einseitig; offenbar redete er nur mit ihr, wenn sie in Gefahr geriet. Es wäre schön, Melanie bei sich zu haben – vielleicht auf einem anderen Einhorn, einem weißen mit goldener Mähne oder so. Zumindest könnten sie sich unterhalten. Aber Melanie war – ja, Moment. Heute war Montag, also saß sie in der Schule, lernte Englisch und hatte keine Ahnung, dass ihre beste Freundin auf einem Einhorn in einer fremden Welt herumritt, ein magisches Amulett trug, Trollen, bösartigen Gnomen und sechsbeinigen Büffeln begegnete und von einem Mann namens »Spürer« gejagt wurde.
Ein Schauer überlief sie, als sie sich an den Spürer erinnerte. Ob er sie wirklich verfolgte? Sie lauschte, konnte aber nichts hören. Vielleicht hatte er Nachtfrosts Spuren in dem endlosen Grasmeer verloren. Und Nachtfrost würde sie warnen, wenn jemand kam.
Irgendwann drehte der Wind, und sie roch Rauch. Ob das Velerias Haus war? Nachtfrost hob witternd den Kopf und legte die Ohren an, stellte sie wieder auf und legte sie wieder an. Der Geruch schien ihm nicht zu gefallen. Aber Sonja war jetzt so hungrig, dass sie ein ganzes Kalb hätte essen

können – oder sogar die Erbsensuppe ihrer Mutter. Und Veleria würde ihr bestimmt etwas Besseres anbieten als Erbsensuppe, schon aus Dankbarkeit dafür, dass sie ihr Amulett zurückbekam. »Komm schon! Du kannst ja von Gras leben, aber ich nicht!«

Nachtfrost legte die Ohren an, trottete aber weiter. Der Pfad schlängelte sich zwischen hohen, dichten Büschen hindurch, die mit stachligen Blättern besetzt waren und Sonja an den Armen kratzten. Ein paar blassgraue Spinnen flüchteten nach links und rechts, und Nachtfrost zerriss unbekümmert ihre zarten Netze, die sie quer über den Weg gesponnen hatten. Dann lagen die Büsche hinter ihnen, und vor ihnen auf einer Lichtung unter hohen, dunklen Bäumen stand ein Haus.

Im ersten Moment erinnerte das Haus Sonja an den Waldhof: die Mauern waren grau, das Dach niedrig. Allerdings war dieses Haus viel kleiner, das Dach war aus Stroh, und in den Fenstern steckten winzige Butzenscheiben. Etwas hatten beide Häuser aber doch gemeinsam: Sie waren verlassen. Das Stroh war verfault und teilweise eingebrochen oder heruntergeweht worden, die Fensterscheiben waren blind, und der Vorgarten war so zugewuchert, dass man die braune Holztür des Hauses nur noch mithilfe einer Sense erreichen konnte. Falls hier wirklich einmal jemand gewohnt hatte, war das sicher schon lange her.

Nachtfrost legte die Ohren an, stellte sie wieder auf, schüttelte den Kopf und schnaubte. Sonja war wie vor den Kopf gestoßen. Es konnte doch nicht sein, dass sie völlig umsonst hergekommen war? Sie rutschte von seinem Rücken und ging auf das Haus zu. Was war hier nur passiert? Schon nach ein paar Schritten merkte sie, dass das Haus nicht friedlich verlassen worden war. Ein Teil des Daches hatte gebrannt, und im Stroh steckten noch ein paar Holzstäbe, die wie Pfeile aussahen. Das Gartentor hing schief in den Angeln, als hätte jemand es eingetreten.

Hier wohnte niemand mehr. Woher kam dann der Rauchgeruch? Vorsichtig ging Sonja um das Haus herum, wobei sie hoffte, dass Nachtfrost sie rechtzeitig warnte, falls hier etwas Übles lauerte. Aber Nachtfrost trottete nur friedlich hinter ihr her. So schob sie sich durch einen Haufen blühendes Gestrüpp, folgte einem völlig zugewucherten Fußpfad, duckte sich unter den tiefhängenden Ästen eines Baumes hindurch und fiel fast über einen Jungen, der an einem Lagerfeuer saß und auf einem großen, glatten Stein dicht am Feuer duftende Teigfladen briet. Der Junge war etwas älter als sie, hatte graubraune Haut und dunkle, schulterlange Haare. Er trug ein Hemd, eine Hose und weiche Schuhe aus hellbraunem, bunt besticktem Wildleder. Sein Gesicht war von dicken, hässlichen Narben entstellt.

Wie angewurzelt blieb sie stehen. »Lorin!«

Er blickte zu ihr hoch und grinste. »Hallo, Yeriye.«

»Nenn mich nicht – ach, egal!« Sie war so erleichtert, dass sie ihm am liebsten um den Hals gefallen wäre. »Wie kommst du hierher? Was machst du hier? Ich dachte, ihr seid tausend Meilen weit weg! Ist dein Stamm auch hier? Was –«

»Aufhören!«, rief er. »Ich kann dir ja nicht antworten, wenn du mich alles auf einmal fragst!« Aber er lachte dabei – offenbar trug er ihr nicht nach, wie schäbig sie ihn behandelt hatte. »Hast du Hunger?«

Sie nickte erleichtert. »Ich könnte einen Birjak fressen.«

»Birjak gibt's heute leider nicht. Wie wäre es mit einem Wildbeerenkuchen?«

»Unbedingt. Vielen Dank!« Sie setzte sich zu ihm ans Feuer, und er reichte ihr einen Fladen, der wie eine geklappte Pizza aussah. Von dem süßen, würzigen Duft wurde ihr fast schwindlig. Sie biss hinein, und es schmeckte genausogut, wie es aussah – wie ein heißer Kirschpfannkuchen, nur etwas herber.

Lorin briet zunächst einen zweiten Fladen für sich und dann noch einen dritten, den er auf ein großes Blatt beiseite legte.

»Für wen ist der?«, fragte Sonja kauend.

»Für meine Schwester.«

»Elri?« Vor Überraschung ließ sie fast den Fladen fallen. »Sie ist auch hier? Wo?«

»Sie untersucht das Haus. Mit meinem lahmen Bein kann ich das nicht so gut.«

Sie zuckte zusammen. »Lorin – hm – das mit dem Bein – was ich da gesagt habe – also, das tut mir leid. Entschuldige bitte.«

»Ach, an so etwas bin ich gewöhnt«, antwortete er leichthin. »Trotzdem nett, dass du dich entschuldigst; die meisten tun das nicht. Hör mal, Yeri – ich meine, Sonja –: Seit wann bist du hier? Weißt du, was hier passiert ist?«

»Mit dem Haus? Nein. Wir sind gerade erst angekommen. Da waren ein paar grässliche kleine Monster, die uns angegriffen haben, und ein Troll –«

Lorin horchte auf. »Ein Troll? Hier im Kristallwald?«

»Ist das schlecht?« Sonja aß das letzte Stück Kuchen auf und wischte sich den Saft vom Kinn. »Sind Trolle böse?«

Lorin biss ein Stück von seinem Kuchen ab und kaute mit nachdenklich gerunzelter Stirn. »Ich weiß nicht, ob es gut oder schlecht ist. Trolle sind weder gut noch böse. Sie sind einfach da, aber sehr selten. Was hat dieser Troll getan?«

»Erst war er ein Felsen und hat mich gegen die Eiskristalle geschützt, und dann hat er sich verwandelt und hat mir nachgewinkt.«

»Hm.«

»Ist das nun gut?«

Er lächelte ein wenig schief. »Warum muss es unbedingt gut oder schlecht sein? Warte, bis Elri herauskommt, dann kannst du uns alles erzählen. Zu dritt denkt es sich besser, wenn wir entscheiden müssen, was wir jetzt tun.«

»Ja – warum seid ihr denn überhaupt hier? Wo ist euer Stamm?«

»Unterwegs zum Winterlager. Und wir sind natürlich hier, um dir zu helfen. Nur sind die Sirinkim natürlich nicht so schnell wie –«

»Die was?«

»Sirinkim. Unsere Reittiere. Die wir auch vor die Wagen gespannt haben.«

»Ich dachte, ihr reitet auf den Birjaks.«

»Nein, nicht, wenn es schnell gehen muss. Nur ist Nachtfrost eben noch schneller, sodass wir eben erst angekommen sind, obwohl wir einen kürzeren Weg genommen haben. Wir hatten gehofft, euch hier zu treffen.«

»Dann ist das da wirklich Velerias Haus?«

»Zumindest war es ihr Haus«, sagte Lorin düster. »Vor zwei Jahren lebte sie noch hier.«

»Wer ist sie denn überhaupt?«

»Das erzählen wir dir später«, sagte er. »Möchtest du noch einen Kuchen?«

»Ja, bitte.«

»Lasst mir auch noch etwas übrig!«, sagte Elri, die in diesem Augenblick durch das Gebüsch schlüpfte und sich im Schneidersitz neben ihrem Bruder ans Feuer setzte. Sie grinste Sonja vergnügt an. »Wenn ich nicht aufpasse, kriege ich nämlich nur noch ein paar jämmerliche Reste. So, du hast also einen Troll gesehen?«

»Woher weißt du das denn?«

»Ich habe gute Ohren, und außer euch ist hier ja meilenweit nichts zu hören.«

»Er hat sie gerettet«, sagte Lorin und strich noch etwas Teig auf den Stein. »Vor einem Hagel aus Kristallen. Und er hat sich ihr sogar gezeigt.«

»Hm«, machte Elri, es klang beeindruckt. »Erzähle mal von Anfang an, Sonja. Und nicht nur das, was du hier erlebt hast, sondern auch das, was vorher war – in deiner Welt.«

Also holte Sonja tief Luft und erzählte ihnen von Melanie und Philipp, vom Waldhof und den Ponys, von den »Hell's Devils« und der Flucht durch den Nebel, und dann von ihrer Ankunft im Kristallwald, den schrecklichen kleinen Gnomen und dem Troll. Zuerst verhaspelte sie sich häufig, weil sie nicht daran gewöhnt war zu reden, ohne sofort wieder unterbrochen zu werden. Aber Elri und Lorin hörten aufmerksam zu, und allmählich fing sie sich und fand sogar Spaß daran, es zu erzählen. Sie erzählte ihnen auch, was Ganna gesagt hatte: dass jemand Veleria das Amulett gestohlen haben musste, um es nach Chiarron zu bringen. Elri und Lorin wechselten Blicke, sagten aber nichts und schauten nur nachdenklich zu Nachtfrost hinüber, der unbekümmert weidete und bis auf das Horn und die ungewöhnliche Farbe wie ein ganz normales Pferd aussah.

Als sie fertig war, nahm Lorin einen dünnen Ast und stocherte damit im Feuer. Elri schob ein paar Zweige nach.

»Als ihr beide geflohen seid, gab der Spürer einigen seiner Leute den Befehl, euch zu verfolgen. Mit den anderen kam er zu uns, um uns über dich auszufragen. Er wurde sehr wütend, als wir ihm nichts sagten. Er ritt dann ebenfalls hinter euch her, aber drei seiner Männer schickte er nach Chiarron, und wir vermuten, dass sie dort die Trommeln schlagen werden.«

»Was heißt das?«, fragte Sonja.

»Dass sie Bewaffnete gegen uns losschicken werden, um uns zu bestrafen.«

Entsetzt starrte Sonja sie an. »Aber ihr habt doch nichts getan!«

»O doch. Wir haben dem Taithar geholfen, und wir haben dich mit dem Amulett fortgeschickt, statt dich ihnen auszuliefern und es ihnen zu übergeben. Denk doch mal daran, dass der Dieb des Amuletts wahrscheinlich aus Chiarron kam und dorthin zurückwollte!«

»Was ist denn so Besonderes an dem Amulett? Wer ist Veleria? Was ist mit ihr passiert? Und was soll ich jetzt tun?«

»Das Amulett stammt von den Tesca«, sagte Lorin. »Wir kennen seine genaue Macht nicht; nur Veleria weiß, was es kann. Aber unsere Jeravi vermuten, dass darin ein –«, er stockte kurz, überlegte und fuhr dann fort: »– ein Geist gebannt ist. Es könnte aber auch etwas ganz anderes sein«, sagte er hastig, als er sah, wie Sonja erschrak. »Wir wissen es eben nicht. Und wir können es nicht herausfinden, weil wir das Amulett nicht anfassen können. Du kannst es anfassen, weil du nicht von dieser Welt bist, aber wir –«

»Aber der Dieb konnte es doch auch anfassen«, sagte Sonja verwirrt. »Und er konnte auch auf Nachtfrost reiten! Aber Ganna sagte, Nachtfrost und die anderen Einhörner wären Boten der – der –«

»Aruna.«

»Aruna. Also muss doch der Dieb einer der Guten sein, einer von euch, aber warum konnte er es dann anfassen?«

»Das wissen wir nicht«, sagte Lorin. »Aber auf dem Ritt hierher haben wir überlegt, dass der Dieb vielleicht – hm – ebenfalls nicht von dieser Welt stammen könnte. Oder er ist ein sehr mächtiger Magier.«

»Fest steht, dass wir Veleria suchen müssen«, sagte Elri, bevor Sonja darüber nachdenken konnte. »Im Haus wurde nicht gekämpft, nirgends ist Blut. Aber alles wurde kurz und klein geschlagen. Ich glaube, Veleria ist rechtzeitig geflohen, und die Verfolger haben ihre Wut am Haus ausgelassen.«

»Aber wo ist sie denn hingegangen?«

»Wahrscheinlich zu den Tesca, schließlich ist sie eine von ihnen.« Elri verzog den Mund, aber es sah nicht wie ein Lächeln aus. »Ich freue mich überhaupt nicht darauf, in ihr Gebiet einzudringen.«

»Wieso?«, fragte Sonja. »Sie werden sich doch bestimmt über das Amulett freuen. Was ist denn so schlimm an den Tesca?«

Es gab eine Pause, in der die Geschwister merkwürdige Blicke wechselten, als versuchten sie sich stumm abzusprechen, was sie nun sagen sollten. Endlich meinte Elri unbehaglich: »Sie mögen keine Fremden. Vor allem nicht, wenn die Fremden ... nun ja ...«

»... nicht von dieser Welt stammen«, sagte Lorin.

Sonja starrte die Geschwister an. »Gibt es so etwas hier öfter? Ich meine, Besucher aus meiner Welt?«

»Nicht direkt«, murmelte Lorin. »Das heißt, ich weiß es nicht. Aber man sagt, dass auch die Nebeldämonen eigentlich nicht von dieser Welt stammen. Und –«

»Und wir sind nicht ganz sicher, ob die Tesca zwischen dir und den Dämonen unterscheiden können«, sagte Elri.

Sonja fühlte sich plötzlich sehr schwach und war froh, dass

sie gerade auf dem Boden saß. »Was werden sie mit mir machen?«

»Nichts, hoffe ich«, sagte Lorin. »Es wäre natürlich gut, wenn Veleria wirklich bei ihnen wäre.«

»Und wenn sie nicht bei ihnen ist?«

Die beiden schwiegen.

Nachtfrost hob den Kopf und schaute zu ihnen herüber. Sonja blickte ihn an, und ihr kam ein Gedanke. »Sagt mal – kann es sein, dass der Dieb dieses Amuletts auch so ein Dämon war? Ich bin sicher, dass Nachtfrost ihn nicht freiwillig auf seinem Rücken geduldet hat! Und die Peitschenstriemen – und der Schnitt –«

»Das habe ich auch schon überlegt«, sagte Elri. »Nachtfrost könnte ihn abgeworfen haben. Und den Schnitt hat er ihm mit einem Messer beigebracht, als er schon auf dem Boden lag. Nachtfrost ist vielleicht über ihn weggesprungen.«

Es war ein scheußlicher Gedanke, dass irgendein dämonisches Ungeheuer versucht haben konnte, Nachtfrost zum Gehorsam zu zwingen. Sonja erschauerte, stand rasch auf und ging zu ihrem Einhorn. Sie umarmte ihn, und er legte seinen Kopf auf ihre Schulter und schnaubte sanft.

»Aber was ist aus ihm geworden?«, fragte Lorin. »Du sagtest doch, du hättest niemanden gesehen.«

»Sie hat das Amulett ganz nahe am Abgrund gefunden«, erinnerte ihn Elri. »Er ist vielleicht einfach abgestürzt – dahin, wo er sowieso hingehört!«

»Hoffentlich«, sagte Lorin. »Wenn es wirklich ein Dämon ist und er mit Nachtfrost vom Kristallwald bis zur Küste reiten konnte, muss er ziemlich mächtig sein. Und sehr gefährlich. Es gefällt mir gar nicht, dass so etwas in unserer Nähe war und wir nichts davon wussten.«

Die Falle am Fluss

Nach dem Essen holte Elri die beiden Sirinkim, die hinter dem Haus gegrast hatten. Vorher hatte Sonja die Tiere nicht weiter beachtet, aber jetzt schaute sie sie etwas genauer an. Sie sahen aus wie eine Kreuzung aus Ziege und Pferd – der schmale, lange Kopf und der aufgeworfene Hals stammten von der Ziege, ebenso wie die gespaltenen Hufe. Der Rest war pferdeähnlich, nur der Schwanz war der eines Esels. Sie waren viel kleiner als Nachtfrost, aber größer und schlanker als Ponys. Ihr Fell war auf dem Rücken und am Kopf schwarz und am übrigen Körper braun, und der Schwanz hatte eine weiße Quaste. Zwei lange, gerade Hörner ragten zwischen ihren Ohren empor – nicht so beeindruckend wie das von Nachtfrost und eher ein Witz gegenüber den Riesenhörnern der Birjaks, aber trotzdem tödliche Waffen, wie Elri ihr versicherte.

Beide trugen einfache Lederhalfter und Decken, die mit Lederriemen festgebunden waren. Lorin wickelte die Vorräte in eine zweite Decke, humpelte zu seinem Tier hin und legte ihm das Bündel quer über den Nacken. Dann stemmte er sich hoch und schwang das Bein über den Rücken des Tieres. Die Bewegung sah ziemlich ungeschickt aus, und Sonja vermutete, dass sie ihm auch wehtat, aber als er den Zügel aufnahm und sich ihnen zuwandte, verriet sein zernarbtes Gesicht nichts davon. »Fertig?«

»Fertig«, sagte Elri. Sie war die Kriegerin von den beiden: ihr Sirinkim trug zwei Speere, ein langes Kampfmesser

und außerdem ein Lasso und wirkte auch lebhafter als Lorins. Leicht und anmutig schwang sie sich auf seinen Rücken und lachte nur, als es sich spielerisch aufbäumte. »Also los!«
Sonja hatte ein wenig Angst davor, dass Nachtfrost ihr beim Aufsitzen nicht helfen könnte, sodass sie wieder erst nach einem Baumstumpf oder Felsen suchen musste. Sie war ziemlich sicher, dass Elri und Lorin sie auslachen würden, wenn sie sahen, dass sie allein nicht auf den Rücken des Einhorns hinaufkam. Sie waren zwar sehr freundlich, aber sie hatte das deutliche Gefühl, dass sie sie ohne Nachtfrost und das Amulett für ziemlich nutzlos und unfähig halten würden. Sie waren nicht etwa ihretwegen hier, sondern um Veleria zu helfen, ihr Amulett zurückzubekommen.
Aber sie hätte sich keine Sorgen zu machen brauchen. Nachtfrost stupste sie liebevoll an, und als sie in seine Mähne griff, spürte sie wieder das mittlerweile vertraute Gefühl eines schnellen Wirbels. Dann saß sie oben. Elri und Lorin schauten geradezu bewundernd zu ihr hoch, und falls sie sich fragten, warum der Bote der Göttin Aruna sich ausgerechnet eine Reiterin ausgesucht hatte, die ihm gerade mal bis zur Schulter reichte, verrieten ihre graubraunen Gesichter doch nichts davon.
So machten sie sich auf den Weg. Schon bald war Sonja sehr dankbar für die Begleitung. Elri und Lorin zeigten ihr nicht nur den Weg und erklärten, welche Pflanzen essbar, giftig oder heilkräftig waren, sondern sie erklärten ihr auch ganz selbstverständlich die Dinge, die in Fantasybüchern so gerne ausgespart blieben: wie man sich die Zähne mit frisch abgebrochen Zweigen putzen konnte, welches Wasser man trinken durfte und welches nicht und welche Blätter man benutzen konnte, wenn man mal musste. Es

gab noch ein Problem, das Jungen natürlich nie hatten und das bei Mädchen in Fantasybüchern irgendwie nie erwähnt wurde, aber Sonja traute sich nicht, danach zu fragen, und hoffte nur, dass sie ihre Tage noch lange nicht bekam – und schon gar nicht hier.

Bald blieb das Klingeln und Klirren der Eiskristalle hinter ihnen zurück und wich dem Zwitschern von Vögeln. Sonja war froh, den Kristallwald verlassen zu können. Die Erdgnome waren zu grässlich gewesen, und sie wollte nie wieder welche zu Gesicht bekommen.

»Erdgnome sind Kiddûn«, erklärte Lorin, während Elri auf der Suche nach etwas Essbarem vorausritt. »Kiddûn sind alle lebendigen Wesen, die nicht eindeutig Mensch, Tier, Pflanze oder Stein sind, und alle Natur- und Elementargeister der Welt. Die meisten sind friedlich und tun den Menschen nichts, aber viele sind gefährlich, wenn man sie reizt, und manche sind böse und schaden uns, wo sie nur können. Wenn du mal in die Nähe einer Lichtung kommst, auf der große, dunkle Wurzelstöcke stehen, die wie die Reste umgestürzter Bäume aussehen – geh auf keinen Fall weiter! Das sind Wurzler, und die packen dich und zerreißen dich, wenn sie dich zu fassen kriegen.«

Sonja fühlte, wie ihr das Blut aus dem Gesicht wich. »Da war so eine Lichtung. Die Erdgnome haben mich darauf zugetrieben!«

»Uh«, machte Lorin. »Das ist übel. Ich wusste nicht, dass sie so etwas tun. Und wo war der Troll?«

»Gleich am Rand der Lichtung.«

»Dann hat er sich dort als Hüter aufgestellt. Du hattest sehr großes Glück. Wenn die Wurzler dich erwischt hätten …«

Er sprach nicht weiter, aber Sonja konnte sich den Rest vorstellen. Noch in der Erinnerung überlief es sie kalt.

»Du wirst eine Waffe brauchen«, sagte Elri, als sie einige Zeit später zurückkehrte und Lorin einen Beutel voller Pilze überreichte. »Nützt natürlich nicht viel gegen einen Wurzler oder die Erdgnome mit ihren Pfeilen. Aber trotzdem ... Kannst du mit einem Messer umgehen?«
»Nur zum Brotschneiden.«
Elri lachte. »Das wird nicht reichen. Ein Messer braucht man immer – wenn nicht zum Kämpfen, dann doch zum Zerschneiden von Ranken oder Seilen oder zum Abhäuten von erlegten Tieren oder –«
»Abhäuten?« Sonja wurde ganz weiß um die Nase. »So etwas kann ich nicht!«
»War ja nur ein Beispiel«, sagte Elri. »Mal sehen – wenn wir Glück haben, geben die Tesca dir ein Messer. Bis dahin bleibst du besser in unserer Nähe.«
»Das hatte ich sowieso vor.«
»Wie sieht es eigentlich in deiner Welt aus?«, fragte Lorin und stellte Sonja damit vor das Problem, Autos, Schulen, Flugzeuge, Computer, CD-Player und Supermärkte zu erklären. Sie verhedderte sich in einem Wirrwarr unausgegorener Beschreibungen und Erklärungen und vermittelte den Geschwistern am Schluss eigentlich nur das Gefühl, dass es »dort« unvorstellbar chaotisch und gefährlich zuging und ein einfaches Land wie Parva mit seinen unzähligen magischen und nichtmagischen Bewohnern und Gefahren deutlich vorzuziehen war.
Sie erzählten ihr, dass Parva zwischen zwei Nebelmeeren lag: dem Versunkenen Land im Westen und dem Weißmeer im Osten. Im Norden und Süden gab es noch andere Länder, aber darüber wussten sie nichts. Ihr Leben spielte sich zwischen den Weidegründen der Birjaks an der Westküste und dem Winterlager in den Nordbergen ab.

Sonja erinnerte sich an etwas, das Elri ihr ganz zu Beginn erzählt hatte. »Du hattest gesagt, das Nebelmeer wäre eine Krankheit. Meintest du damit beide Meere?«
Elri nickte und schien sich zu freuen, dass Sonja diese Bemerkung nicht vergessen hatte. »So erzählen es die Alten. Die Meere sind nicht natürlich, aber wie sie entstanden sind, weiß niemand. Es ist einfach zu lange her.«
»Und kann man das nicht irgendwie heilen? Wenn es doch Magie gibt –«
Lorin schüttelte den Kopf. »Die Magie kommt von Aruna selbst. Und wenn ihre Macht nicht ausreicht, um sich zu heilen, hat auch keins ihrer Geschöpfe genug Macht. Wir – also die Stämme an der Ostküste, nicht wir hier im Westen – können nur versuchen, die Dämonen in die Meere zurückzutreiben, wenn sie herauskommen.«
»Es gibt keine Dämonen hier im Westmeer?«
»Zumindest keine, die herauskommen. Was unter dem Nebel ist, wissen wir nicht.« Er warf seiner Schwester einen merkwürdig herausfordernden Blick zu, aber sie sagte nichts.
Sie ritten den ganzen Tag durch den Wald, bis sie an einen breiten, nicht sehr tiefen, aber reißenden Fluß kamen. Dort wandten sie sich nach Süden und ritten am Wasser entlang, bis sie zu einer Furt kamen.
»So«, sagte Elri, während sie ihre Tiere ins Wasser trieben. »Hier beginnt das Gebiet der Tesca – der Wolfswald. Wenn wir die Furt überquert haben, müssen wir warten, bis sie –«
»Moment mal!«, sagte Sonja schrill, und Nachtfrost, der ihren plötzlichen Stimmungswechsel spürte, blieb jäh stehen. »Sagtest du gerade ›Wolfswald‹?«
»Ja«, sagte Elri und hielt ihr Sirinkim ebenfalls an. »Wieso?«

»Du meinst, es gibt hier Wölfe?«
»Das will ich hoffen«, antwortete Elri fröhlich. »Schließlich sind wir gerade zu ihnen unterwegs.«
»Was?«
»Mach ihr doch keine Angst!«, sagte Lorin. »Was Elri meint, Sonja, ist Folgendes: Wir haben es dir nicht sofort gesagt, weil wir nicht wussten, ob du dann überhaupt herkommen würdest. Aber inzwischen glauben wir, dass wir dir vertrauen können. Die Tesca sind Wolfsmenschen. Gestaltwandler.«
Werwölfe. Sonja erstarrte. Jede einzelne von Corinna ersonnene Geschichte brach mit einem Schlag über sie herein: reißende Bestien, die tagsüber wie harmlose Menschen aussahen, aber im Mondlicht töteten, riesige Monster, die um die Häuser der Menschen schlichen und heulten, Kinderräuber und Menschenfresser. Philipp hatte gesagt, es gebe sie nicht, und hatte Corinna sogar eine geklebt, als sie Sonja mit einer neuen Geschichte zum Heulen gebracht hatte – aber Philipp war eine ganze Welt weit weg, und das hier war nicht die Erde.
Und selbst wenn Elri und Lorin so leichthin davon sprachen, sie zu besuchen – vor kurzem hatte Elri noch etwas ganz anderes gesagt.
›Sie mögen keine Fremden … und vielleicht können sie zwischen dir und den Dämonen nicht unterscheiden.‹
Und Lorin sagte, Elri sollte ihr keine Angst machen?
»Ich – ich geh da nicht hin«, sagte sie.
Die Geschwister wechselten einen raschen, bestürzten Blick und schauten dann wieder hoch. »Hör mal«, begann Lorin in versöhnlichem Ton, »du bringst ihnen doch Veleri-as Amulett. Außerdem sind sie unsere Verbündeten im Kampf gegen die Dämonen.«

»Ist mir egal! Ich reite keinen Schritt weiter – ich bin doch nicht bescheuert! Diese Gnome wollten mich auch schon umbringen, obwohl ich ihnen gar nichts getan hatte, und das sind Werwölfe! Und ihr habt gesagt, dass sie mich für einen Dämon halten werden!«
»Könnten«, verbesserte Elri. »Nicht werden. Ich habe nur gesagt, dass es vielleicht möglich wäre! Sonja, es ist doch besser, wenn du nicht völlig unvorbereitet dort hinkommst, oder? Und außerdem hast du ja das Amulett, und Veleria wird –«
»Ich pfeife auf Veleria! Und ich pfeife auch auf euer bescheuertes Amulett! Das hilft mir auch nicht, wenn sie mich fressen!« Sie griff schon nach der Kette, um das Amulett abzunehmen, als sie plötzlich ein Schwirren hörte. Im nächsten Moment brach Lorins Reittier mit einem Pfeil im Hals zusammen, und Lorin stürzte in den Fluss.
»Lorin!«, schrie Elri und trieb ihr Sirinkim zu ihm hin. Sonja sah sich wild um, während Nachtfrost sich unter ihr aufbäumte und dadurch knapp einem zweiten Pfeil entging. »Elri! Da sind Leute am Ufer!«
Elri warf einen Blick über die Schulter, während sie Lorin hochzog. »Das ist der Spürer! Los, Sonja, verschwinde von hier!«
»Wohin denn?«
»In den Wald! Schnell!«
»Nein! Ich kann nicht – was wird mit euch?«
»Wir können dir mit nur einem Sirinkim nicht mehr helfen. Lauft!«
Wieder zischte ein Pfeil vorbei – diesmal so dicht, dass Sonja den Luftzug spürte. Das noch lebende Sirinkim stieß ein Kreischen aus und ging durch. Der nächste Pfeil traf Elri in die Seite, dicht unter den erhobenen Arm.

Sie gab nicht einmal ein Stöhnen von sich. Lautlos fiel sie zur Seite und landete klatschend im Fluss. Lorin fiel neben ihr auf die Knie, hielt ihren Kopf über Wasser und versuchte sie hochzuheben. »Elri!«

»Nein!«, schrie Sonja. Sie trat Nachtfrost hart in die Seiten, und er sprang mit einem mächtigen Satz vorwärts. »Lorin! Halt Elri fest und greif in die Mähne!«

Er hielt sich nicht mit Widerspruch auf. Er kämpfte sich hoch und packte ein paar silberne Strähnen. Und nun konnte Sonja selber sehen, wie die Magie wirkte: Elri und Lorin wurden durchsichtig und verschwammen – und dann saßen sie plötzlich hinter ihr. Elri fiel schwer gegen ihren Rücken, und Lorin hielt sie fest. Im nächsten Moment galoppierte Nachtfrost aus dem Stand los – so schnell wie auf der ersten Flucht vor dem Spürer. Drei mächtige Sprünge brachten ihn über den Fluss, und dann flog er eine Böschung hinauf und jagte in den Wald. Wie grüne Schatten flogen Bäume und Sträucher an ihnen vorbei.

Aber schon nach kurzer Zeit wurde Nachtfrost langsamer, fiel in Schritt und blieb stehen. Angstvoll schaute Sonja sich um. »Was ist denn? Lauf weiter! Die sind doch hinter uns her – und die – die Wölfe –!«

»Elri«, sagte Lorin mit erstickter Stimme. »Ich glaube – ich glaube, sie stirbt. Halt sie bitte fest.«

Entsetzt drehte Sonja sich um. Elri war bewusstlos, ihr Gesicht grau und schweißnass. Ihr Hemd war voller Blut, und der schreckliche Pfeil steckte tief in ihrem Körper. Lorin rutschte von Nachtfrosts Rücken und landete stolpernd auf dem Boden. Sein Bein gab nach, aber er fing sich sofort und drehte sich um. »Gib sie mir herunter. Ich fange sie auf.«

Sonja hielt Elri fest, so gut sie konnte, während sie sie langsam zur Seite schob, aber dann wurde das Gewicht plötzlich zu schwer, und Elri kippte nach unten. Lorin fing ihr ganzes Gewicht auf, stolperte rückwärts, und sein Bein knickte ein. Mit einem Schmerzensschrei landete er auf dem Boden, und Elri fiel über ihn. Reglos blieben sie beide liegen.

Sonja war es übel vor Angst und Schrecken. Sie sprang auf den Boden und stürzte zu ihnen hin. Lorin hatte sich den Kopf angeschlagen und war bewusstlos. »Lorin!«, schrie sie ihn an und merkte erst jetzt, dass sie weinte. »Wach auf! Du musst aufwachen! Was soll ich denn jetzt tun?«

Nachtfrost schnaubte leise.

Zieh den Pfeil heraus.

»Was?« Sonja fuhr herum. Das Einhorn stand dicht neben ihr, sein Atem fuhr warm über Elris Gesicht. »Das kann ich nicht! Ich kann das nicht anfassen!«

Zieh den Pfeil heraus, oder sie stirbt.

»Nein! Lorin muss das tun! Lorin, wach doch auf!«

Lorin rührte sich nicht, stöhnte nicht einmal. Ganz sacht klang wieder die Stimme des Einhorns in Sonjas Kopf.

Du musst es tun.

»Ich kann das nicht ...«

Nachtfrost stand still, wie aus Schatten und Licht geschnitten, und schaute sie nur an. Und Sonja wusste plötzlich eins ganz genau: Es musste getan werden, und außer ihr war niemand da, der es tun konnte. Schluchzend vor Grauen streckte sie die Hand aus und umfasste den schrecklichen Pfeil.

Langsam.

Sie zog. Langsam. Elris Körper bewegte sich, und voller Entsetzen ließ Sonja den Pfeil wieder los. Aber dann schloss sie wieder die Hand darum. Elri durfte nicht sterben! Sie zog, und es war das Schrecklichste, was sie in ihrem ganzen Leben je hatte tun müssen. Ganz langsam kam der Pfeil heraus, über und über blutverschmiert, und als er draußen war, schoss ein Blutstrom hinterher.

In diesem Moment senkte Nachtfrost den Kopf und berührte die Wunde mit seinem Horn.

Ein gleißendes Licht flammte auf, und Sonja ließ den Pfeil fallen und kniff die Augen zu. Gleich darauf erlosch das Licht. Vorsichtig machte sie die Augen wieder auf, aber außer bunten Punkten, die vor ihr tanzten, konnte sie nichts sehen. Es dauerte eine Weile, bis sich ihre Augen von dem Lichtblitz erholten, und dann dauerte es noch einmal eine Weile, bis sie es über sich brachte, Elri anzuschauen.

Da war keine Wunde mehr.

Das Hemd war noch blutdurchtränkt, aber die Haut darunter war glatt und unversehrt. Und als Nachtfrost nun auch Lorins Kopf mit dem Horn berührte, schloss sich auch diese Wunde. Lorin stöhnte, setzte sich auf und rieb sich den Schädel. »Au! Was –« Sein Blick fiel auf Elri, die mit dem Kopf auf seinen Beinen lag und wie tot aussah, und die Erinnerung kehrte jäh zurück. »Elri! Elri, nein!«

»Lorin!«, rief Sonja. »Sie ist nicht tot! Sie schläft nur – Nachtfrost hat sie geheilt!«

Lorin fuhr zusammen und beugte sich ungläubig über seine Schwester. Vorsichtig fühlte er ihren Puls. »Es stimmt«, flüsterte er. »Sie lebt! Aber – der Pfeil?«

»Ich hab ihn rausgezogen.« Sonja konnte nicht verhindern, dass ihre Stimme zitterte. »Und Nachtfrost hat sie geheilt. Und dich auch. Du hattest dir den Kopf angestoßen.«

Er starrte von ihr zu Nachtfrost, der den Blick aus sanften dunklen Augen erwiderte. Dann legte er Elris Kopf sacht ins

Gras, rappelte sich auf und tat etwas, was Sonja überhaupt nicht erwartet hatte: Er verbeugte sich tief vor ihr. »Wir verdanken dir unser Leben, Yeriye Sonja. Das werden wir nie vergessen!«

»Schon gut«, sagte sie hastig. »Ich hätte euch doch nie zurücklassen können!«

»Doch, hättest du«, sagte Lorin fest. »Und wir hätten es dir auch nicht übelgenommen. Aber ich bin froh, dass du es nicht getan hast.«

Dann humpelte er zu Nachtfrost hin. Sonja hörte nicht, was er zu ihm sagte, aber Nachtfrost wieherte leise und legte für einen Moment seinen Kopf auf die Schulter des Jungen. Lorin nickte, wischte sich kurz über die Augen und drehte sich um. »Wir müssen aufbrechen, Sonja. Die Tesca erwarten uns schon.«

Sie erschauerte. Aber irgendwie hatten die Tesca plötzlich ihren Schrecken ein wenig verloren. Viel schlimmer war der Spürer; ein Mensch, der auf Kinder und Einhörner schoss. Offenbar war er zu allem entschlossen, um das Amulett in die Hände zu bekommen, und die einzige Sicherheit für Sonja, Elri und Lorin lag bei den Werwölfen. Und jetzt konnte sie ihre beiden Freunde nicht mehr im Stich lassen. Nach dem, was sie gerade erlebt hatten, gehörten sie zusammen. Alle vier.

Mit Elri zwischen sich ritten sie weiter. Sie schlief noch, und Lorin erklärte Sonja, dass sie sich erst von dem Schock erholen musste und nach einiger Zeit wieder aufwachen würde. Er hielt seine Schwester fest umfasst, und einmal spürte Sonja, wie etwas leicht ihre Schulter berührte und sie sehr vorsichtig streichelte. Sie schaute sich nicht um, aber sie legte ganz kurz ihre Hand auf seine. Sie sagten beide lange Zeit nichts.

Der Wald war hier dichter und dunkler als der Kristallwald und wirkte viel älter. Die Bäume waren riesig und hingen voller Moos und efeuähnlichen Ranken. Der Pfad verlief sich bald im Nichts, und Nachtfrost suchte sich seinen Weg selbst. Er sprang über kleine Bäche und umgestürzte Bäume, pflügte durch dorniges Gestrüpp und stakste umständlich durch ein Gewirr aus Schlingpflanzen. Immer wieder flohen kleine und größere Tiere vor seinen Hufen – und zu den größeren Tieren gehörten auch faustgroße Spinnen. Sonja zog die Beine hoch und zitterte vor Ekel. Erst als sie eine Lichtung erreichten, wo keine Spinnen zu sehen waren, atmete sie tief und erleichtert aus – und wäre vor Schreck fast von Nachtfrosts Rücken gefallen, als Elris Stimme schwach, aber klar, neben ihrem Ohr sagte: »Diese Spinnen kann man übrigens auch essen.«
»Guten Appetit! Mensch, hast du mich erschreckt! Aber ich bin froh, dass du wach bist! Geht es dir gut?«
»Könnte nicht besser sein«, sagte Elri. »Was ist passiert? Wo ist mein Sirinkim?«
»Das Biest ist abgehauen«, sagte Lorin. »Mitsamt unseren Waffen. Der Spürer hat uns am Fluss aufgelauert. Du wurdest von einem Pfeil getroffen, und Sonja und Nachtfrost haben uns gerettet.«
»Danke«, sagte Elri, legte ihre Arme um Sonja und drückte sie fest. »Das werden wir euch nicht vergessen!«
»War doch klar«, sagte Sonja rasch. »Hört mal – was ist, wenn der Spürer uns weiter verfolgt? Wir haben keine Waffen und nichts ...«
»Nein, er hat zu wenig Leute«, sagte Elri. »Es wäre Selbstmord für ihn, den Wolfswald zu betreten, und das weiß er. Er wird erst Verstärkung anfordern, und bis dahin sind wir hoffentlich weit weg.«

»Und außerdem würden die Tesca ihn schon an der Furt angreifen«, sagte Lorin.
»Aber dann wären sie ja hinter uns?« Aufgeschreckt warf Sonja einen Blick über die Schulter, aber außer den Bäumen und Sträuchern sah sie nichts.
Lorin räusperte sich. »Eigentlich sind sie eher –«
In diesem Moment hörten sie das Heulen.
Es kam von allen Seiten und – für Sonjas Ohren – aus mindestens hundert Kehlen. Vor ihnen, hinter ihnen, rechts, links.
»– überall«, beendete Lorin seinen Satz.
Sie waren eingeschlossen von Wölfen.

Wolfsnacht

Corinna wäre begeistert gewesen; sie hatte etwas für unheimliche Viecher übrig. Schon bei den Erdgnomen hätte sie sicher versucht, einen zu fangen, statt davonzulaufen; die Wurzler hätte sie ausgegraben und dekorativ auf die Fensterbank gestellt, und an den Werwölfen von Parva hätte sie ihre reine Freude gehabt.
Sie waren vor allem groß. Bei aller Angst vor den Schreckgestalten ihrer Kindheit hatte Sonja doch immer gewusst, dass Wölfe weitgehend mit Schäferhunden verwandt waren und zwar bestimmt etwas größer, aber doch nicht sehr viel anders aussehen konnten. Später hatte sie ein paar Dokumentarfilme gesehen, in denen die Wölfe wirklich nur wie große graue Schäferhunde ausgesehen hatten. Aber inzwischen war ihr klar, dass sie sich weder auf Philipps »So etwas gibt es nicht« noch auf Dokumentarfilme verlassen konnte, wenn es um die Lebewesen dieser Welt ging.
Die Tesca waren fast so groß wie die Sirinkim und reichten Nachtfrost bis zum Bauch. Ihr Fell war struppig und tiefschwarz, und in der Dämmerung waren nur ihre leuchtenden gelben oder grünen Augen deutlich zu sehen. Ein scharfer, durchdringender Geruch ging von ihnen aus. Sie umkreisten Nachtfrost, der stehen geblieben war, und nachdem sie mit dem Heulen aufgehört hatten, war von ihnen kein Laut zu hören außer einem gelegentlichen Hecheln oder Schnüffeln.

Einer der Wölfe streifte ganz nahe an Nachtfrost vorbei, und Sonja zog die Beine hoch, die auf diese Monster vielleicht ähnlich verlockend wirkten wie Surferbeine auf hungrige Haie. Aber Elri gab ihr einen leichten Schubs und flüsterte: »Lass sie nicht sehen, dass du Angst hast! Zeig ihnen das Amulett!«

Mit zitternden Fingern nahm Sonja die Kette ab und hob das Amulett in die Höhe.

Einige der Wölfe blieben stehen und blickten aus schimmernden grünen Augen zu ihr hoch. Einer knurrte und bleckte die Zähne, und Sonja ließ vor Schreck beinahe das Amulett fallen. Hastig griff sie danach und hielt es in der Hand. Das Knurren verstärkte sich.

»Sie verstehen nicht, warum du es anfassen kannst«, wisperte Lorin. »Sie wissen, dass du keine von uns bist ... sag etwas! Rede mit ihnen!«

»Verstehen die mich denn?«

»Natürlich«, zischte Elri. »Das sind keine Tiere!«

Sonja schluckte hart. Das war ja genau das, wovor sie solche Angst hatte, dass ihr fast übel wurde. Aber nun hatte sie keine Wahl mehr, sie konnte nicht mehr zurück.

»H-hallo«, krächzte sie.

Jede Bewegung stockte. Die Tesca schauten zu ihr hoch. Sonja hielt weiter mit zitternden Fingern das Amulett hoch und krallte sich mit der anderen Hand krampfhaft in Nachtfrosts Mähne fest. Vielleicht tat sie ihm damit weh, aber er stand ganz still, mit stolz gewölbtem Kopf, und zuckte nicht einmal mit dem Schweif. Und sie wusste, dass er sie mit seinem Leben verteidigen würde, falls die Tesca sie angriffen.

»Ich h-heiße Sonja.« Es klang jämmerlich dünn, und sie räusperte sich. Keine Angst zeigen! Das war leicht gesagt!

»Ich – ich habe Velerias Amulett gefunden, und Ganna – eine alte Frau von den Elarim –«
Elri knuffte sie leicht in die Rippen. »Sie kennen Ganna! Sie ist Velerias Schwester!«
Sonja geriet völlig aus dem Konzept. »Was? Aber –« Einer der Wölfe knurrte, und sie verzichtete schleunigst darauf, eine Diskussion vom Zaun zu brechen. »– also gut, ich meine, Ganna sagte, jemand hätte Veleria das Amulett gestohlen, und weil niemand es anfassen kann, sollte ich es zurückbringen, aber dann war das Haus verlassen, und ich – wir, meine ich – sind dann hergekommen, und wenn Veleria bei euch ist, möchte ich – möchte ich es ihr gerne zurückgeben.«
Geschafft, und sie lebte noch.
Die Wölfe starrten sie weiter an, und dann wandten sie sich plötzlich ab. Einer nach dem anderen verschmolz lautlos mit der Dunkelheit und war weg, und dann stand auf dem Weg vor Nachtfrost plötzlich eine alte Frau, in schwarze Kleidung – oder Felle? – gehüllt, mit schimmernden grünen Augen. Sie streckte die Hand aus und sagte: »Ich bin Veleria. Gib mir das Amulett.« Ihre Stimme klang heiser und kratzig, als hätte sie sie lange nicht benutzt.
Nachtfrost trat zwei Schritte auf sie zu, und Sonja beugte sich vor und legte das Amulett in die klauenartige Hand. Es leuchtete hell auf und erlosch wieder. Veleria blickte darauf nieder. Sie sah uralt aus, ihr Gesicht war von unzähligen Runzeln zerfurcht, und sie roch nach Wolf. Ihre Kleidung bestand tatsächlich aus Fell. Aber sie sah jetzt ganz menschlich aus; ihre Augen waren dunkel und traurig. Mit einer langsamen, resigniert wirkenden Bewegung hängte sie sich die Kette um. »Was ist aus dem Jungen geworden, dem ich es gab? Ich kann ihn nicht mehr sehen.«

Alle drei starrten sie verblüfft an. »Was für ein Junge?«, fragte Elri endlich. »Wir dachten, jemand hätte es dir gestohlen!«
»Nein«, antwortete die alte Frau. »Ich hatte den Jungen damit fortgeschickt. Aber das ist eine lange Geschichte, und ihr seid müde und hungrig. Folgt mir ins Dorf.«
Sie drehte sich um und ging voran. Nachtfrost setzte sich in Bewegung und trottete hinter ihr her.
Ein Dorf? Eigentlich hatte Sonja jetzt eher eine Höhle erwartet ... und eigentlich wollte sie auch gar nicht mitkommen. Aber Nachtfrost, Elri und Lorin schienen das alles ganz normal zu finden, und bisher hatten die Werw – die Tesca, verbesserte sie sich –, sich nicht feindselig verhalten. Also hatte Elri vielleicht Unrecht, und sie betrachteten Sonja gar nicht als Dämon ... Veleria konnte das Amulett ja auch anfassen und gehörte doch zu ihnen!
Trotzdem ... es war jetzt fast ganz dunkel. Und es war Vollmond; sie erinnerte sich noch sehr gut an den riesigen roten Mond über der Ebene in der vergangenen Nacht. ›Und dann, wenn der Mond aufgeht ...‹, sagte Corinna mit einer ganz tiefen, drohenden Stimme, und Sonja krallte die Finger in Nachtfrosts Mähne und wünschte sich tausend Kilometer weit weg. Auch wenn sie keine acht Jahre mehr alt war, hatten Corinnas gruselige ›Gutenacht‹-Geschichten doch nichts von ihrem Schrecken verloren.
Allerdings bestand die einzige Alternative darin, wegzulaufen und allein im Wald zu übernachten. Ohne Nachtfrost, ohne Elri und Lorin, ohne etwas zu essen, aber dafür belauert von Wölfen und faustgroßen Spinnen. Tolle Alternative, wirklich.
Also ergab sie sich in ihr Schicksal. Zumindest war sie so nicht allein.

Nach einiger Zeit sahen sie in einiger Entfernung das Licht eines großen Feuers. Veleria glitt gewandt wie eine Wölfin zwischen den dunklen Stämmen hindurch, und Nachtfrost folgte ihr unbeirrt, bis sie an den Rand einer Lichtung kamen, in deren Mitte das Feuer brannte. Vier niedrige kuppelförmige Holzhütten gruppierten sich um das Feuer, und dahinter lag ein ebenso niedriges dunkles, lang gestrecktes Holzhaus.

Ein paar der großen schwarzen Wölfe strichen über die Lichtung oder lagen in einiger Entfernung vom Feuer wie riesige schwarze Hunde. Eine Gruppe von Menschen in Fellkitteln hockte am Feuer und briet etwas, das wie ein gehäutetes Sirinkim aussah. Sonja spürte, wie Elri sich hinter ihr spannte und dann nur tief seufzte.

»Ist das Lorins Sirinkim?«, wisperte sie.

»Ich glaube ja«, flüsterte Elri zurück. »Sie haben es wohl aus dem Fluss geholt ... naja. Besser die Tesca als irgendwelche Aasfresser. Es könnte aber auch meins sein.«

»Aber sind die Sirinkim nicht auch ... intelligent? Ich meine, wie die Birjaks?«

»Nein, nein! Glaubst du etwa, die Tesca würden sie dann fressen?«

»Ich weiß nicht«, sagte Sonja unglücklich. »Woher soll ich es wissen?«

Elri und Lorin schwiegen, und dann legte Lorin ihr wieder die Hand auf die Schulter. »Das ist alles neu für dich. Hab keine Angst.«

Sonja verzog das Gesicht und war froh, dass die beiden es nicht sehen konnten.

Veleria trat auf die Lichtung hinaus. Die Menschen blickten auf, die Wölfe dagegen wandten kaum die Köpfe. Sie hatten wahrscheinlich schon lange gewittert, dass die Fremden kamen. Zwei von ihnen standen jedoch auf und tappten den Neuankömmlingen entgegen. Veleria streichelte ihre Köpfe, und sie begleiteten sie zum Feuer. Dort hielt Nachtfrost an. Veleria wandte sich an Sonja, Elri und Lorin und sagte: »Seid willkommen am Feuer der Tesca. Der Spürer ist euch nicht gefolgt; mit nur zwanzig Männern wagt er es nicht, den Fluss zu überqueren. Aber morgen wird er kommen.«

»Morgen schon?«, fragte Elri erschrocken. »Aber ich war sicher, dass er frühestens nächste Woche zurück sein kann!«

»Er hat seine Verstärkung schon im Kristallwald aufgezogen«, sagte Veleria. »Ruht euch jetzt aus und esst mit uns. Danach ist genug Zeit zum Reden.«

Die drei stiegen ab, und Sonja merkte erst jetzt, wie steif sie war. Jeder Knochen tat ihr weh. Kein Wunder; sie war seit dem frühen Morgen ununterbrochen geritten. Der harte, nackte Boden kam ihr sehr unbequem vor, aber Veleria, Elri und Lorin setzten sich einfach im Schneidersitz hin, und so tat sie das Gleiche. Vermutlich konnte sie von einem Stamm Wolfsmenschen nicht erwarten, dass sie weiche Kissen mit sich herumschleppten.

Eine junge Frau schnitt mit einem gefährlich aussehenden Messer große Stücke von dem Braten ab und legte sie auf noch größere, feste Blätter, die sie den Gästen dann servierte. Sonja traute sich nicht, nach Messer und Gabel zu fragen. Sie schaute lieber zu, wie Elri und Lorin kleinere Stücke abrissen und in den Mund steckten, und versuchte es dann auch, wobei sie sich ordentlich mit Bratensaft bekleckerte. Das Fleisch war recht mager und schmeckte erstaunlich zart, und sie erinnerte sich, dass sie außer Lorins Wildbeerenkuchen heute überhaupt nichts gegessen hatte.

Heißhungrig schlang sie alles in sich hinein. Das sollte ihre Mutter mal sehen – zu Hause aß Sonja nämlich grundsätzlich kein Fleisch, weil sie das Fett daran nicht mochte. Aber hier war es ihr völlig egal. Elri und Lorin aßen mit dem gleichen Appetit.

Die junge Frau brachte ihr einen Holzbecher mit Wasser und ein zweites Stück Fleisch – und dann verwandelte sie sich vor Sonjas Augen in einen schwarzen Wolf und trabte davon.

Vor Schreck ließ Sonja ihr Fleisch fallen, und es landete in ihrem Schoß.

Veleria hatte während des Essens nichts gesagt, aber jetzt lachte sie über Sonjas erschrockenes Gesicht. »Ah, der Taithar hat mir schon erzählt, dass du uns für Ungeheuer hältst. In deiner Welt gibt es wohl keine Gestaltwandler?«

Sonja wurde rot und schüttelte den Kopf, während sie ihr Hemd abzuwischen versuchte. »Nur in Geschichten. Nachtfrost hat ... mit dir gesprochen?«

Die alte Frau nickte lächelnd, und Sonja versuchte, einen Anflug von Eifersucht zu unterdrücken. All diese Leute wussten so viel mehr über Nachtfrost als sie! Er hatte sie ausgesucht, ihm zu helfen – aber wusste sie denn, ob er sie nicht einfach verlassen würde, sobald sie ihre Aufgabe erledigt hatte?

Nachtfrost hatte bisher friedlich in der Nähe gegrast. Jetzt hob er den Kopf und schaute zu Sonja hin. Und dann, als hätte er ihre Gedanken gehört, setzte er sich in Bewegung und kam auf sie zu. Er senkte den Kopf und berührte mit dem Maul ganz sanft ihre Schulter, und so blieb er still stehen. Unwillkürlich schossen ihr Tränen in die Augen – wie hatte sie nur an ihm zweifeln können? Sie drehte sich zu ihm um und streichelte den großen Pferdekopf.

Veleria, Elri und Lorin schauten schweigend zu. Endlich sagte Veleria: »Du hast großes Glück, Yeriye Sonja.«
Sonja nickte nur stumm.
Die alte Frau warf ihr Blatt ins Feuer, wo es aufflammte und rasch verbrannte. Dann nahm sie das Wolfskopfamulett in die Hand und schaute es nachdenklich an.
»Großmutter«, sagte Elri respektvoll, »möchtest du uns die Geschichte erzählen?«
Veleria nickte. »Das werde ich tun. Aber zuerst erzählt ihr mir eure Geschichte. Ich habe manches davon gesehen, aber nicht alles.«
Also erzählten sie der Reihe nach alles, was passiert war. Vor allem musste Sonja ganz genau erzählen, in welchem Zustand sie Nachtfrost in ihrer Welt gefunden hatte. Als sie von den Peitschenstriemen und der eitrigen Schnittwunde am Bein des Einhorns erzählte, stieß Veleria ein Knurren aus, und ihre Augen funkelten plötzlich in einem grünlichen Licht. Erschrocken brach Sonja ab, aber Veleria beruhigte sich rasch wieder. »Es ist nicht deine Schuld. Sprich weiter.«
Nach und nach erfuhr sie die ganze Geschichte. Als Elri und Lorin von dem Angriff des Spürers und ihrer Rettung durch Sonja und Nachtfrost erzählten, lächelte sie kurz und murmelte ein paar Worte, die Sonja nicht verstand. Am Schluss nickte sie ein wenig vor sich hin, als hätte die Erzählung ihr etwas bestätigt, das sie sich schon gedacht hatte. Einer der Wölfe stand auf, tappte zu ihr hin, ließ sich neben ihr nieder und legte seinen Kopf in ihren Schoß. Sie streichelte ihn fast geistesabwesend, während sie zu sprechen begann.
»Die Geschichte unseres Kampfes gegen die Dämonen aus dem Nebelmeer ist alt, sehr alt. Ich will sie nur kurz

erwähnen, weil wir noch anderes zu besprechen haben. Wichtig ist, dass die Angriffe im Osten in den letzten Jahren stärker geworden sind. Elri und Lorin wissen das schon, denn im letzten Winter sind Läufer durch die Winterlager gezogen und haben Nachricht von den Kari und den Marui gebracht. Was ihr aber nicht wisst, ist, dass die Kari in diesem Sommer den Kampf um Endra verloren haben – das ist ihr Land, Sonja, so wie Duntalye das Land der Elarim ist.«

Elri und Lorin fuhren heftig zusammen. »Sie haben Endra verloren?«, rief Elri entsetzt.

»Das ganze Land.« Veleria nickte traurig. »Sie sind zu den Marui nach Tinaltan geflohen. Die Marui verteidigen jetzt das letzte Stück der Ostküste, aber die Dämonen kommen jetzt von drei Seiten. Es ist nur noch eine Frage von Wochen, bis die Marui die Küste verlieren und sich zurückziehen müssen.« Sie machte eine Pause und blickte die beiden Mädchen und den Jungen ernst an. »Wir verlieren diesen Kampf, Kinder. Wir verlieren unser Land. Wenn wir uns jetzt nicht zusammenschließen, gehen wir unter.«

Elri ballte die Fäuste. »Duntalye bekommen sie nicht!«

»Die Jeravi haben mit den Läufern im Winterlager gesprochen«, sagte Lorin. »Großmutter, sie waren alle bereit, den Kari, den Marui und den Lorej zu helfen!«

»Ah, aber das reicht nicht.« Die alte Frau hob das Amulett hoch, und das Licht des Feuers fing sich in dem geschnitzten Wolfskopf. »Wir brauchen die Ava und Teshante ... wir müssen uns mit ihnen verbünden.«

»Was?«, entfuhr es Elri. »Aber sie fordern doch Tribut von uns! Und wir wollen sie bekämpfen!«

Auch Lorin schüttelte heftig den Kopf. »Großmutter, das können wir nicht tun!«

»Wir können und wir werden es tun«, sagte Veleria ruhig und fest. »Es gab bereits Verhandlungen. Zum Zeichen ihres guten Willens haben König Ghadan und Königin Aletheia mir ihren Sohn Darian geschickt. Zum Zeichen unseres guten Willens haben wir ihn zurückgeschickt … mit diesem Amulett.«

»Dann war es also kein Dämon?«, fragte Sonja abrupt. »Dieser – dieser Darian hat Nachtfrost so furchtbar misshandelt?«

»Nein!« Energisch schüttelte Veleria den Kopf. »Nachtfrost ist ein Bote der Göttin – keinen Schritt hätte Darian auf ihm reiten können, wenn er versucht hätte, ihn zu misshandeln! Nein, sie kamen gut miteinander aus. Sie sind hier vor sechs Tagen aufgebrochen. Wir haben sie bis zum Waldrand begleitet, und ich habe noch länger über sie gewacht. Aber an der Westküste wurden sie angegriffen. Etwas kam aus dem Nebel und versuchte sie zu töten. Ich weiß, dass Darian stürzte und das Amulett verlor. Aber dann verschwanden er und Nachtfrost von dieser Welt, und ich konnte sie nicht mehr sehen. Ich fürchtete, dass sie in den Abgrund gestürzt seien. Aber dann tauchte Nachtfrost gestern wieder auf.« Sie schaute Sonja an. »Mit dir und dem Amulett. Also glaube ich jetzt, dass Darian in deiner Welt gelandet und dort zurückgeblieben ist … vielleicht verletzt oder gefangen. Und deshalb bitte ich dich, dorthin zurückzukehren und ihn zu suchen. Darian muss zurückkehren und das Amulett nach Chiarron bringen.«

»Er ist in meiner Welt?« Sonja versuchte, sich einen leibhaftigen Nomadenprinzen vorzustellen, der in einer wichtigen Mission unterwegs war und dann ausgerechnet in einer deutschen Kleinstadt strandete … es war absurd. Unmöglich!

Aber Elri unterbrach diesen Gedanken. Sie sprang auf, und der Wolf neben Veleria schreckte hoch und knurrte. Elri kümmerte sich nicht darum. »Großmutter, ich kann nicht glauben, was du da sagst. Mit den Ava und Teshante verbünden? Die Herrschaft dieser verrückten Jeravi anerkennen, die sich in einem steinernen Haus selber einsperren und von den freien Stämmen Tribut fordern? Das hätte ich nie von den Tesca gedacht! Ihr verratet uns alle! Keinen Augenblick will ich mehr bei euch bleiben!«
Der Wolf knurrte lauter. Elri kümmerte sich nicht darum. Sie fuhr auf dem Absatz herum und stürmte in den Wald.
Veleria seufzte. »Und du, Lorin?«
Der Junge mit dem vernarbten Gesicht dachte eine Weile nach, während Sonja ihn ängstlich beobachtete. Endlich sagte er: »Ich habe Angst um die Kari und Marui ... und uns alle. Die Nebelkönige werden keine Ruhe geben, bevor sie uns versklavt oder vertrieben haben. Aber meine Schwester lasse ich nicht allein.« Er warf Sonja einen traurigen Blick zu. »Es tut mir leid, Yeriye. Hoffentlich sehen wir uns wieder.« Unbeholfen stand er auf, verbeugte sich leicht vor Veleria und hinkte hinter Elri her.
Veleria schaute ihm vollkommen ausdruckslos nach und wandte den Blick dann Sonja zu. »Und was denkst du?«
Sonja hatte den plötzlichen Aufbruch ihrer Freunde völlig entgeistert verfolgt. »Ich weiß nicht. Ich verstehe das alles nicht. Was soll ich denn jetzt machen?«
»Reite nach Hause«, sagte Veleria ruhig. »Hilf Darian, zurückzukommen. Das ist alles, worum ich dich bitte.«
»Aber –«
»Denke darüber nach.«
Die alte Frau stand auf.
»Aber da ist noch –«

»Du musst jetzt nichts sagen. Ich zwinge dich zu nichts. Wir werden morgen früh wieder miteinander reden. Im Langhaus wartet ein Schlafplatz auf dich, wenn du gegen warmes Wolfsfell nichts einzuwenden hast.« Sie lächelte und wirkte plötzlich viel jünger.

»Aber du verstehst nicht!«, rief Sonja verzweifelt. »Der Spürer –«

»Vor ihm musst du jetzt keine Angst haben«, sagte Veleria freundlich und verwandelte sich in eine schwarze Wölfin mit grauer Schnauze, die trotz ihres Alters leichtfüßig davontrabte. Wo sie gestanden hatte, lag jetzt nur noch das Wolfskopfamulett.

»Na toll«, sagte Sonja erbittert. »Warum hören die Erwachsenen eigentlich niemals zu – egal in welcher Welt?« Sie hob das Amulett auf und hängte es sich um den Hals. Sie würde am nächsten Morgen noch einmal mit Veleria reden, bevor sie aufbrach.

Ja – bevor sie aufbrach! Und wohin? Gab es jetzt wirklich nur noch den Weg nach Hause, um einen fremden Jungen zu suchen? War sie etwa nur aus Versehen in diese Geschichte hineingestolpert, als mickriger Ersatz für den wahren Helden, der auch noch ein Prinz war? Was würde passieren, wenn er das Amulett nach Chiarron brachte? Was würde überhaupt aus den Menschen dieses Landes werden? Und vor allem – was wurde nun aus Elri und Lorin? Gerade hatte sie sich mit ihnen angefreundet, und nun sollte sie schon wieder verschwinden? Nach nur zwei Tagen? Natürlich hatte sie noch immer Angst – Parva war nicht das zauberhafte Märchenland, von dem sie früher einmal geträumt hatte. Aber es war eine fremdartige Zauberwelt, und nach nur zwei Tagen wieder zu Schule und Alltag heimgeschickt zu werden, war ... einfach schäbig.

Und sie würde Nachtfrost verlieren. Denn dieser dämliche, bescheuerte Prinz Darian würde auf ihm durch den Nebel reiten und niemals zurückkommen.

Sie stand auf, schlang ihre Arme um den Hals des schwarzen Einhorns und vergrub ihr Gesicht in seiner silbrigen Mähne.

»Warum hast du mich hergebracht?«, flüsterte sie. »Was muss ich tun? Vielleicht ist das alles falsch, was sie gesagt hat!«

Nachtfrost wandte den Kopf und schnupperte an ihren Haaren.

Hab keine Angst, hörte sie. *Wir gehen zusammen.*

Sie drehte sich abrupt um. »Aber ich verstehe das nicht! Wohin gehen wir? Nach Hause? Ich darf dich doch nicht behalten! Wenn du mit Veleria reden kannst, warum dann nicht mit mir – ich meine so, dass ich dich verstehe?«

Er schnaubte nur leise und schaute sie aus sanften dunklen Augen an. So schön ... auf seinem Fell funkelten winzige Sterne, und die Mähne schimmerte wie ein Wasserfall aus Mondlicht. Warum konnten sie nicht einfach sofort aufbrechen und wieder über die endlose Ebene von Duntalye reiten? Aber was, wenn die Tesca sie daran hinderten, weil sie nicht wollten, dass ein fremder Mensch nachts durch ihren Wald ritt? So freundlich Veleria und die junge Frau auch gewesen waren – Sonja wollte sie ganz bestimmt nicht wütend machen. Sie schaute sich um und merkte erst jetzt, dass kein einziger Wolf mehr zu sehen war. Vielleicht streiften sie alle durch den Wald und taten das, was Werwölfe nachts zu tun pflegten: jagen.

Sie erschauerte. Eigentlich war sie auch viel zu müde, um weiterzureiten. Sie hatte in der letzten Nacht viel zu wenig geschlafen.

»Also schön«, murmelte sie und streichelte Nachtfrost ein letztes Mal. »Du bist ja bestimmt auch müde. Gute Nacht.«
Nachtfrost warf den Kopf hoch, wie um gegen den Verdacht zu protestieren, dass er müde sein könnte. Dann wandte er sich ab und trottete davon. Sonja schaute ihm nach und machte sich dann auf den Weg zu dem lang gestreckten, niedrigen Holzhaus.
Es schien mehr ein aus rohen Brettern zusammengehauener Verschlag als ein echtes Haus zu sein, und es hatte kein einziges Fenster. Auch keine Tür. Stattdessen gab es nur eine schmale Öffnung, hinter der es pechschwarz war. Ein durchdringender warmer Wolfsgeruch wehte ihr entgegen. Sonja hörte ein leises Schnüffeln und Schnaufen und blieb stocksteif stehen.
»Komm nur herein«, sagte eine leise Frauenstimme.
›Hilfe‹, dachte Sonja. ›Hätte es nicht einfach eine Jugendherberge sein können?‹ Aber weil es jetzt sowieso zu spät war, tastete sie sich mit wild klopfendem Herzen vorsichtig vorwärts.
»Langsam«, sagte die leise Frauenstimme dicht neben ihr, und eine Hand fasste sie am Arm und führte sie vorwärts. Noch immer sah sie nichts, aber jetzt hörte sie tiefe, gleichmäßige Atenzüge und leises Schnaufen von allen Seiten. Und eigentlich, dachte sie, hätte sie sich denken können, dass ein Volk von Gestaltwandlern weder Betten noch Decken benutzte, sondern sich nachts mit dem eigenen praktischen Pelz wärmte.
»Du kannst hier schlafen«, sagte die Frau leise und ließ sie los. Sonja ging in die Hocke und tastete am Boden herum. Vielleicht gab es ja doch eine Decke – für Besucher? Aber stattdessen stieß sie nach kurzem Tasten auf ein warmes, atmendes Fell und erstarrte.

Das Fell knurrte nicht und griff sie auch nicht an. Sonja kniff die Augen zu – nicht, dass es irgendeinen Unterschied machte – und rollte sich auf dem harten Erdboden zusammen, wobei sie sofort zurückzuckte, wenn sie mit den Händen oder Füßen einen der Wölfe berührte. Es war kalt und unbequem, und bei dem Gedanken, dass sie die ganze Nacht so verbringen musste, fing sie fast an zu heulen. Aber sie schluckte die Tränen hinunter – nur die Wölfe nicht aufstören! Lieber blieb sie die ganze Nacht wach!

Ein durchdringendes Heulen von draußen ließ sie hochschrecken – und nicht nur sie. Rings um sie wurde es plötzlich lebendig. Und offenbar hatten sich ihre Augen jetzt an die Dunkelheit gewöhnt, denn sie sah rund ein Dutzend schwarze Schatten zur Tür huschen und verschwinden. Und noch während sie sich zurechtzufinden versuchte und sich wunderte, warum ihr nicht kalt war, verschwanden auch zwei warme Körper von ihrer Seite, die ihr offenbar als Kissen und Decke zugleich gedient hatten. Also war sie wohl doch eingeschlafen, und die Wölfe hatten sie gewärmt! Aber was war jetzt los?

Mehrere Stimmen nahmen das Heulen auf, aber jetzt kamen Schreie dazu. Draußen schienen Leute durcheinander zu rennen, und was war das – Pferde? Ein schrilles Wiehern gellte auf und wurde von dem schrecklichen Geräusch grollender Wölfe erstickt. Noch ehe Sonja richtig begriffen hatte, was vor sich ging, klapperte etwas auf dem Holzdach des Schlafhauses. Gleich darauf flackerte Licht durch die lose aufliegenden Bretter.

Feuer! Das Dach brannte!

Und es brannte wie Zunder. Schlagartig wurde die Luft heiß, und Rauch breitete sich aus. Sonja stürzte zum Ausgang. Im Schein des großen Lagerfeuers sah sie Menschen und Wölfe, die miteinander kämpften – und Nachtfrost war mitten zwischen ihnen, schlug aus und stieß mit dem Horn zu wie mit einem Speer. Ein Mann wurde vom Pferd gerissen und verschwand unter den Körpern der schwarzen Wölfe, und keine fünf Meter von Sonja entfernt brach ein Wolf mit einem Pfeil im Körper zusammen und blieb reglos liegen, die weit aufgerissenen Augen auf Sonja gerichtet. Schluchzend vor Angst und Entsetzen wich sie zurück, drehte sich um und rannte blindlings in den Wald – aber nach kaum zwanzig Schritten stieß sie mit einem großen Tier zusammen. Es war ein Pferd, das den Kopf hochwarf und schnaubend zurückwich. Auch Sonja wich zurück – und wurde von hinten an beiden Armen gepackt.

»Da bist du ja«, sagte der Spürer mit einer Stimme wie Eis.

Das Recht des Stärkeren

Im Forstwald war es dunkel geworden. Noch immer fiel ein leichter Nieselregen, und Nebel hing in den düsteren Ecken des Waldhofes. Philipp, Melanie und Darian waren kurzerhand in das leer stehende Haus eingebrochen, wo sie wenigstens ein bisschen Schutz vor der Kälte fanden. Herr Frickel hatte das Haus nur nachlässig ausgeräumt und jede Menge Müll zurückgelassen, und er hatte sich nicht die Mühe gemacht, den Teppichboden im Schlafzimmer herauszureißen. Darian tappte mit seinen nackten Füßen darauf herum. »Das ist besser als viele andere Nachtlager, die ich gehabt habe. Wenn ich jetzt noch mein Messer hätte, um mich gegen wilde Tiere zu verteidigen, wäre das hier ein wunderbarer Unterschlupf!«

»Es gibt hier keine wilden Tiere«, sagte Philipp. »Nichts Größeres als Füchse.«

»Wildschweine«, sagte Melanie.

»Ja gut, aber die kommen nicht ins Haus. Soll ich dir noch ein paar Decken bringen, Darian?«

Darian schüttelte den Kopf. »Aber ich könnte etwas zu essen vertragen. Du bist ganz sicher, dass ich hier nicht auf die Jagd gehen kann? Einen Bogen und ein paar Pfeile kann ich schnell herstellen – ich brauche nur ein Messer.«

»Du darfst auf keinen Fall hier irgend etwas jagen! Ich bringe dir morgen früh etwas her. Und dann beraten wir, was wir tun. Komm, Melanie, ich bringe dich nach Hause, bevor deine Mutter mich wegen Kindesentführung verhaften lässt.«

»Ich bin kein Kind«, sagte Melanie beleidigt.

»Dann eben wegen Teenagerentführung, das macht es nicht besser und klingt auch noch blöd. Gute Nacht, Darian. Und denk dran – geh nicht raus!«

Darian machte ein abfälliges Geräusch. »Ich bin auch kein Kind, Philipp.«

»Ist klar«, sagte Philipp genervt und ging. Melanie winkte Darian zu und folgte ihm nach draußen.

Als sie zu seinem Moped gingen, fröstelte sie. »Philipp, was machen wir denn jetzt wegen Sonja?«

»Ich habe keinen blassen Schimmer«, sagte Philipp grimmig. »Ich kann versuchen, meinen Eltern zu erzählen, dass sie heute Nacht bei dir schläft. Aber was morgen nach der Schule ist, weiß ich wirklich nicht. Und ich muss morgen arbeiten. Ich kann Darian zwar das Frühstück bringen, aber für den Rest des Tages falle ich aus.«

»Glaubst du, deine Eltern rufen die Polizei?«

»Ziemlich wahrscheinlich. Ich kann ihnen ja kaum sagen, dass Sonja gerade in einer fremden Welt auf einem schwarzsilbernen Einhorn herumreitet ... falls das nicht sowieso alles kompletter Blödsinn ist, von vorne bis hinten erstunken und erlogen.«

»Aber ich glaube nicht, dass Darian lügt.«

Philipp kratzte sich am Nacken. »Ja, verdammt, das glaube ich ja auch nicht.« Er schwang sich auf sein Moped. »Na los, komm.«

Melanie stieg auf ihr Fahrrad, und sie fuhren nebeneinander los. Das Knattern des Mopeds klang laut durch den Wald, und im Schein der Lampen sah der Nebel noch

dichter und düsterer aus. Melanie war froh, dass Philipp bei ihr war ... und dann dachte sie darüber nach, wie seltsam es war, dass sie Sonjas großen Bruder plötzlich gar nicht mehr so eklig fand. Eigentlich war er sogar ziemlich nett, und ohne ihn wäre sie bestimmt nicht an Darian herangekommen. Jetzt musste nur Sonja wieder heil nach Hause kommen, und dann war alles wieder in Ordnung. Aber was sollten sie nur mit Darian anfangen?
Dann fiel ihr noch etwas ein, und trotz der Herbstkälte wurde ihr plötzlich ganz heiß. Sie hatte ihren Eltern erzählt, dass Sonja verschwunden war! Was sollte sie sagen, wenn sie sie jetzt fragten – oder sogar bei Sonjas Eltern anriefen? Ihre Mutter wollte zwar mit »diesen Leuten« nichts zu tun haben, aber in diesem Fall machte sie vielleicht eine Ausnahme; schließlich hatte sie Melanie ja auch erlaubt, mit Philipp wegzugehen.
Sie warf Philipp einen Blick zu und winkte. Aber sie waren jetzt auf der geteerten Straße angekommen, die in den Ort hineinführte, und Philipp verstand das Winken falsch. Er winkte zurück, gab Gas und knatterte durch den Nieselregen davon. Vergeblich schrie sie ihm nach, anzuhalten und sofort zurückzukommen. Bald war er in der Dunkelheit verschwunden.
Dieser blöde Idiot!

Sie brachte ihr Fahrrad in die Garage und schlich möglichst leise ins Haus. Vielleicht konnte sie ungesehen in ihr Zimmer kommen. Aber sie hatte Pech: noch während sie im Flur ihre Schuhe auszog, ging die Wohnzimmertür auf.
»Nun?«, sagte Frau Vittori. »Was ist mit Sonja? War es wichtig genug, dass du deswegen das Abendessen versäumen musstest?«

»Entschuldigung«, murmelte Melanie. Sie wusste genau, dass ihre Mutter Unzuverlässigkeit und jede Art von Verspätung hasste.
»Du hast meine Frage nicht beantwortet, Melanie.« Frau Vittori mochte es auch nicht, wenn man ihr auswich.
»Alles in Ordnung«, sagte Melanie unbehaglich.
»Also ist sie wieder zu Hause?«
Lügen wollte Melanie nicht. Also zuckte sie nur die Achseln.
»Schön«, sagte Frau Vittori. »Also wieder einmal viel Lärm um nichts. Geh duschen! Und danach kannst du dir in der Küche ein paar belegte Brote abholen.«
»Mama, ich habe das Handy wiederbekommen.«
»Da hast du ja noch mal Glück gehabt.« Ohne ein weiteres Wort verschwand Frau Vittori wieder im Wohnzimmer.
Später saß Melanie in ihrem Zimmer auf dem Bett und schaute sich um, während sie Brote mit Schinken und Käse aß. Von allen Wänden blickten sie Pferde an. Ob es wohl auffallen würde, wenn sie ein winzigkleines Foto von Philipp Berger dazwischen anpinnte?
Sie wurde knallrot.
»Melanie Vittori«, sagte sie laut, »du bist einfach ultrapeinlich.«
Und mit dieser Erkenntnis putzte sie sich die Zähne, kroch ins Bett und machte das Licht aus.

Am Montag fehlte Sonja in der Schule. Darauf angesprochen, rettete Melanie sich mit einem Achselzucken und einem gemurmelten »Ist wohl krank.«
»Vom Pferd gefallen?«, fragte Nadine spitz.
»Von welchem?«, fragte Sabrina. »Der Waldhof ist doch geschlossen worden. Wegen der katastrophalen hygienischen

Verhältnisse, hat mein Vater gesagt. Wurde ja auch höchste Zeit. Gehst du jetzt zum Reiten nach Vierlinden, Melanie? Ich hab nämlich überlegt, mich auch dort anzumelden. Da gibt es echte Vollblüter.«
Wieder zuckte Melanie nur die Achseln. »Vielleicht. Mal sehen, was Sonja sagt.«
»Ach?«, machte Nadine spöttisch. »Seit wann ist es wichtig, was Sonja sagt?«
Melanie wurde rot, weil sie genau wusste, dass nur ihr eigenes Verhalten in der Vergangenheit Nadine dazu brachte, so zu reden. »Sie ist immer noch meine Freundin«, sagte sie und wunderte sich selbst über den entschiedenen Ton ihrer Stimme. »Vielleicht merkst du dir das mal!«
»Oh, entschuldige bitte«, sagte Nadine beleidigt und stolzierte davon.
Nach Schulschluss marschierte Melanie über den Schulhof zu ihrem Fahrrad. Aber unterwegs wurde sie immer langsamer und blieb schließlich stehen, und ihr Herz schlug plötzlich bis zum Hals. Fünf ältere Jungen standen neben ihrem Fahrrad und schauten ihr entgegen.
Die ›Hell's Devils‹ – die Typen mit dem dämlichsten Namen und dem schlechtesten Ruf der ganzen Schule.
Was wollten die von ihr?
Ganz langsam ging sie weiter, umklammerte ihre Schultasche und überlegte, ob sie das Fahrrad einfach stehen lassen sollte. Aber wahrscheinlich schlugen sie es dann kurz und klein.
Besonders gut sahen die fünf nicht aus. Einer hatte ein dickes Pflaster auf der Stirn, ein anderer trug den Arm in einer Schlinge, und ein Dritter hatte eine hässliche rotblaue Schramme quer über die Wange. Sie sahen aus, als hätten sie endlich einmal in einer Schlägerei den Kürzeren

gezogen. Aber so etwas machte diese Typen nur noch aggressiver. Melanie blieb wieder stehen. Nur fünf Meter trennten sie noch von ihrem Fahrrad und den Jungen, die sie schweigend beobachteten. Etwas stimmte nicht – normalerweise fielen bis zu dieser Entfernung schon die ersten höhnischen Beleidigungen.

Sie kratzte ihren gesamten Mut zusammen. »Ist was?«

Sie beobachteten sie nur wie lauernde Wölfe.

›Frechheit siegt‹, dachte sie und marschierte mitten zwischen sie.

Leider traten sie nicht zurück, wie sie eigentlich gehofft hatte, sondern rückten enger zusammen und schlossen sie ein. Jeder von ihnen war einen ganzen Kopf größer als Melanie, und sie fühlte sich sehr unbehaglich.

Der mit dem Stirnpflaster – ihr Anführer Max, erinnerte sie sich –, beugte sich vor und sagte: »Deine Freundin. Wo ist sie?«

Hilfe. Was hatten diese Typen mit Sonja zu tun? »Nicht hier«, antwortete sie und hoffte, dass ihre Stimme nicht so ängstlich klang, wie sie sich fühlte. »Wieso?«

Sie antworteten nicht. Stattdessen beugte Max sich vor und starrte ihr ins Gesicht, dass sie jeden seiner Pickel zählen konnte. »Sag deiner Freundin, wenn wir sie erwischen, ist sie dran. Und dann nützt ihr auch der Gaul nichts mehr. Klar?«

Sie nickte. Ihr Hals war wie zugeschnürt.

Sie traten auseinander. »Hau ab«, sagte Max.

Melanie warf ihre Tasche in den Korb, öffnete mit zitternden Fingern das Fahrradschloss, schob das Rad von den ›Hell´s Devils‹ weg, stieg auf und radelte davon, so schnell sie konnte.

Auch heute hing der Nebel über dem Forstwald, als wollte er sich nie wieder auflösen. Es war kalt, feucht und ungemütlich, und während Melanie zum Waldhof radelte, überlegte sie, ob es nicht doch einen besseren Ort für Darian gab als das leere, unbeheizte Haus. Was, wenn sie ihn einfach mit nach Hause nahm?
›Tolle Idee‹, dachte sie. ›Und dann schickt Mama ihn sofort wieder ins Krankenhaus, und ich bekomme für den Rest meines Lebens Stubenarrest.‹
Das war also keine Lösung. Zu Sonja konnte er auch nicht; die Wohnung war schon für sechs Leute viel zu klein. Aber musste er ausgerechnet auf dem Waldhof versteckt werden, wo die Erinnerung an Micky, Bjarni und die anderen Tiere noch so frisch war? Sie hatte es Philipp natürlich nicht gesagt, aber der Waldhof war voller Gespenster, denen sie sich eigentlich nicht stellen wollte. Und Sonja bestimmt auch nicht.
Sie stellte ihr Rad auf dem Hof ab. Sonjas Rad lag noch immer verbogen und kaputt neben dem Stall. Ein silbriges Spinnennetz spannte sich zwischen dem Lenker und der Stalltür. Es sah unheimlich aus ... wo war Sonja wirklich? In einer anderen Welt? War das überhaupt möglich?
Sie ging um das Haus herum, öffnete die Küchentür und trat ein. Die Scherben des Fensters, das Philipp eingeschlagen hatte, knirschten unter ihren Schuhen. »Darian?«, rief sie. »Ich bin's, Melanie! Bist du oben?«
Nach einer kurzen Pause kam die Antwort. »Ja, komm rauf.«
Sie lief die Treppe hinauf und fand Darian im Schlafzimmer, wo er mit untergeschlagenen Beinen auf dem Teppich saß und an einer Scheibe Brot knabberte. Vor ihm lagen Blätter, die er in mehreren geraden Reihen an-

geordnet hatte. »Hallo«, sagte er. »Wie nennt man die Bäume, von denen diese Blätter stammen? Bei uns sehen Blätter ganz anders aus.«

Melanie hockte sich hin und schaute die Blätter etwas ratlos an. »Das da ist ein Ahornblatt«, sagte sie. »Und das stammt von einer Eiche. Und das ... keine Ahnung. Buche oder Kastanie? Ich weiß es nicht. Wozu willst du das wissen?«

»Ich muss doch lernen, mich in eurer Welt zurechtzufinden. Schließlich wissen wir nicht, ob Nachtfrost und deine Freundin je wieder zurückkommen. Kann man diese Blätter essen?«

»Aber – ich meine – ich glaube nicht – das heißt, ich weiß es nicht! Wieso willst du denn Blätter essen?«

»Dann vielleicht die Früchte?« Er drehte sich um und zog ein seltsames Gebilde zu sich heran – eine Tasche, die er aus dünnen, biegsamen Zweigen geflochten hatte. Daraus holte er eine Handvoll Kastanien und Eicheln. »Ich wollte euch nur erst fragen, bevor ich es versuche.«

Melanie hatte das Gefühl, überrollt zu werden. »Nein! Ich meine – doch, ich glaube schon, dass man sie essen kann. Aber wir können dir doch etwas zu essen bringen! Oder du kannst dir etwas kaufen!«

»Hm«, sagte Darian. »Ich glaube aber nicht, dass die Händler herkommen werden, nachdem der Hof verlassen wurde.«

»Welche Händler?«

»Die, von denen ich etwas kaufen könnte – wenn ich Geld hätte! Welche denn sonst?«

»Aber die kommen doch nicht hierher, die haben ein Geschäft im Dorf!«

Darian runzelte die Stirn. »Und was werden die Dorfbewohner sagen, wenn ein Fremder auftaucht? Außerdem werden die Heiler aus dem weißen Haus versuchen, mich wieder einzufangen.«

Melanie setzte sich hin. Allmählich wurde ihr klar, dass es etwas schwierig sein würde, Darian zu erklären, wie ihre Welt funktionierte. »Das musst du doch nicht alles heute lernen, oder? Vielleicht kommt Sonja ja auch schon bald zurück, und dann kannst du wieder nach Hause. Und bis dahin bleibst du hier, und Philipp und ich versorgen dich mit Essen.« Sie fand, dass das vernünftig klang, aber Darian verzog das Gesicht. »Dann wäre ich ja von euch abhängig. Das kommt gar nicht infrage. Und ich verlasse mich nicht auf ein ›vielleicht‹. Was mache ich, wenn Nachtfrost nicht mehr zurückkommt?«

»Du könntest mit mir in die Schule gehen. Kannst du überhaupt lesen und schreiben?«

»Natürlich nicht«, sagte er verächtlich. »Das ist etwas für Händler.«

Dazu fiel Melanie überhaupt nichts ein. Ihre nebelhaften Vorstellungen, wie sie Darian möglichst unauffällig in ihren Alltag einschleusen konnte, zerstoben zu nichts. Er würde bei jeder Gelegenheit den Prinzen herauskehren, von Autos und Fahrrädern überfahren werden und am Essen herummäkeln – oder das Essen gar nicht erst vertragen, was noch schlimmer war.

»Wie lebt ihr denn in eurer Welt?«, fragte sie, um überhaupt einen Anhaltspunkt zu finden.

»Nun ja, ich stehe morgens auf, schwimme, reite, fechte, ringe, dann gibt es etwas zu essen, und nachmittags lerne ich, wie man sich am Hof benimmt. Danach lerne ich den Umgang mit dem Messer ...« Er verstummte und runzelte die Stirn. »Ohne meinen Dolch fühle ich mich nackt. Es ist eine Ehrenwaffe, verstehst du – weil ich zwar adlig bin, aber noch zu jung für ein Schwert. Gibt es einen Messerschmied in eurem Dorf? Ich weiß natürlich nicht, wie ich ihn bezahlen soll – ich habe ja nicht einmal ein Pferd, das er in Zahlung nehmen könnte, und –«

»Hör auf!«, bat Melanie. »Mir ist jetzt schon schlecht. Ich weiß gar nicht, wo ich anfangen soll – das geht alles gar nicht! Du musst unbedingt zurück in deine Welt! Du kannst hier nicht bleiben!«

Darian machte ein finsteres Gesicht. »Glaubst du, ich kann nicht kämpfen?«

»Doch, ganz bestimmt – das ist es ja gerade. So etwas tun wir hier nicht – ich meine –«

Überrascht zog er die Brauen hoch. »Dann gibt es hier keinen Krieg?«

Melanie starrte ihn stumm an und beschloss in dieser Sekunde, dass Darian von Chiarron nicht einmal in die Nähe eines Fernsehers oder Radios kommen durfte, solange er hier war. Aber wie konnte sie ihn von diesem Thema abbringen? Verzweifelt zermarterte sie sich den Kopf ... und dann wurde ihr die Entscheidung abgenommen. Durch den Forstwald dröhnte ein Knattern, das sich rasch näherte. Erleichtert sprang Melanie auf. »Philipp!«

Aber Darian war noch schneller auf den Beinen als sie und hielt sie zurück, als sie zur Tür laufen wollte. »Warte! Das ist mehr als einer!«

Erschrocken blieb sie stehen und lauschte. Er hatte recht. Mindestens vier Motoren knatterten da heran, und als Melanie und Darian zum Fenster schlichen und hinausspähten, rollten die fünf selbsternannten Höllenteufel mit ihren Mopeds auf den Hof und hielten an. Einer nach dem anderen schaltete den Motor aus, und für einen Moment wurde es gespenstisch still.

Da Melanie Darian am vergangenen Abend gezeigt hatte, wie man das Fenster öffnete, und er es sofort sperrangelweit aufgerissen hatte, »um nicht zu ersticken«, konnten sie jetzt gut verstehen, was die Jungen im Hof besprachen.
»He, Max – was machen wir, wenn der Gaul doch wieder hier ist?« Das klang ziemlich nervös; gar nicht so angeberisch, wie sich die ›Hell's Devils‹ normalerweise verhielten. »Das eine Mal hat mir gereicht!«
»Was denn, hast du Angst vor 'nem blöden Pferd?«, gab Max spöttisch zurück und nahm den Helm ab. »Letztes Mal waren wir nicht vorbereitet, aber diesmal schon. Ich hab Seile mitgebracht – damit fangen wir das Vieh ein und holen uns den Finderlohn ab.«
»Seit wann kannst du Lasso werfen?«
»Wer redet denn von mir?« Max grinste breit. »Für mich hab ich was ganz anderes, und damit habe ich auch schon geübt.« Er hängte den Helm an den Lenker, stieg ab und klappte den Sitz hoch. Melanie konnte erst nicht erkennen, was er herausholte, aber dann schnappte sie entsetzt nach Luft. Es war eine lange schwarze Lederpeitsche mit einem dicken Griff – ein Ding, mit dem man im Zirkus Löwen bändigen konnte.
»Eine Peitsche?«, flüsterte Darian, der plötzlich ganz blass war. »Gegen Nachtfrost? Ist der lebensmüde?« Aber er wartete Melanies Antwort nicht ab. »Sag mal – sind das Soldaten?«
»Was?«, zischte sie entgeistert. »Wie kommst du denn darauf?«
»Sie tragen Uniformen. Und die Dinger, auf denen sie reiten –«
»Vergiss das ganz schnell«, wisperte sie. »Das sind ein paar eklige Jungs aus meiner Schule, die alle Leute terrori–«

»Sag mal, Max«, sagte einer der Jungen, »das Fahrrad da, das haben wir doch heute schon mal gesehen.«
Melanie blieb das Herz stehen.
»Stimmt«, sagte Max mit gedehnter Stimme. »Diese kleinen Mädchen werden allmählich echt lästig.« Sie schauten sich um. »Das Fenster da oben. War das gestern auch schon offen?«
»Keine Ahnung«, sagte ein anderer. »Da hab ich nicht drauf geachtet, als das Vieh auf uns losging.« Er lachte nervös, aber Max unterbrach ihn scharf. »Achim und Frank, seht nach, ob sie da oben ist, und holt sie raus. Stefan, Sebastian und ich sehen uns hier unten um. Ich hab keinen Bock, hier ständig über kleine Mädchen zu stolpern. Das hier ist jetzt unser Hof!«
Melanie wich vom Fenster zurück. »Die kommen hoch! Darian, wir müssen hier weg!«
»Hm«, machte er und spähte noch einmal aus dem Fenster. »Beherrschen sie Magie?«
»Magie? Nein! Aber die werden total eklig, wenn man ihnen in die Quere kommt!« Schon hörte sie unten das Knirschen von Glas, und ihr wurde himmelangst. »Komm doch!«
»Keine Angst«, sagte er und lächelte. »Ich beschütze dich schon.«
»Aber das sind zwei gegen einen! Und sie sind viel älter als du!«
»Du hast doch gesagt, dass man hier nicht kämpft«, erwiderte er ganz ruhig. »Damit habe ich einen Vorteil.«
»Nein! Ich meinte –«
Die Tür flog auf, und sie wirbelte herum. Achim und Frank, beide groß, kräftig und in bedrohlicher Ledermontur, standen in der Tür und grinsten. »Das ist ja der reinste Kindergarten hier«, sagte Achim, der mit seinem blonden

Bürstenschnitt und der schwarzen Sonnenbrille wie eine ganz schlechte Kopie eines Actionhelden wirkte. »Haben euch eure Eltern nicht gesagt, dass ihr nicht allein im Wald spielen sollt?«

»Wir wollten gerade gehen«, sagte Melanie mit vor Angst ganz dünner Stimme. Gegen diese beiden Typen sah Darian – einen ganzen Kopf kleiner – geradezu mickrig aus, obwohl sie ihn eigentlich bis gerade eben für recht sportlich gehalten hatte.

»Guck dir den Knirps mal an«, sagte Frank. »Sieht aus wie ein Waldschrat. Wie heißt du, Knirps – Atréju?«

»Darian von Chiarron«, antwortete Darian ruhig, aber wachsam. Er stand ganz locker da, als hätte er nicht die geringste Angst.

»Darian Kjarron?« Achim lachte. »Was ist das denn für ein bescheuerter Name?« Übergangslos zog er ein finsteres Gesicht. »Los, raus hier.«

»Warum?«, fragte Darian, und Melanie wich zurück. »Darian, komm! Lass uns gehen!«

»Hör auf deine Freundin, die ist echt schlau«, sagte Frank. »Max wird ziemlich grob, wenn man ihm in die Quere kommt, und das hier ist jetzt unser Hof.«

»Habt ihr ihn gekauft?«, erkundigte sich Darian. »Dann gehen wir natürlich sofort. Aber wenn hier das Recht des Stärkeren gilt – und desjenigen, der zuerst kommt –, dann gehört der Hof mir, und ich rate euch, schleunigst den Rückzug anzutreten.«

Die beiden starrten ihn an.

»Ich hör wohl nicht recht?«, fragte Achim endlich. »Du kleiner Scheißer hast mich wohl nicht verstanden?«

»Ich habe euch sehr gut verstanden, und du hast mich auch verstanden.«

»Der will Prügel haben«, sagte Frank verwundert, grinste und kam herein. Sorgfältig machte er die Tür hinter sich zu. Dann gingen beide gleichzeitig auf Darian los. Melanie schrie auf und flüchtete in eine Ecke.

Was dann kam, konnte sie später gar nicht so recht beschreiben. Irgendwie schien Darian sich gar nicht so schnell zu bewegen, aber Achim und Frank kamen einander dauernd in die Quere, behinderten sich gegenseitig, und Darian glitt wie ein Schatten zwischen ihnen hindurch, um sie herum und schlug nur zweimal ganz kurz, hart und gezielt zu. Nach zwei Minuten lagen die beiden stöhnend am Boden, konnten sich nicht rühren und starrten mit einem Ausdruck, der unverkennbar ängstlich war, zu Darian hoch, der noch nicht einmal schneller atmete.

Er blickte gleichgültig auf sie hinunter und drehte sich zu Melanie um. »Soll ich sie töten?«

Sie glaubte ihren Ohren nicht zu trauen. »Nein! Bist du verrückt? Nein!«

»Gut«, sagte er und drehte sich wieder zu Achim und Frank um. »Dann töte ich euch nicht. Aber ich möchte ein paar Dinge klären. Erstens, dieser Hof gehört mir. Zweifelt ihr daran?«

Sie schüttelten die Köpfe, Panik im Blick.

»Zweitens. Ich werde jetzt hinuntergehen und mit eurem Anführer sprechen. Ganz gleich, wie es ausgeht – ihr werdet nicht versuchen, mir oder Melanie zu schaden.«

»Oder Sonja!«, warf Melanie hastig ein, als sie sich an die kurze, hässliche Szene auf dem Schulhof erinnerte.

»Oder Sonja«, stimmte Darian zu.

Die beiden nickten.

»Dann könnt ihr jetzt aufstehen.«

Es war, als hätte sich eine unsichtbare Fessel gelöst. Die beiden Jungen kamen taumelnd auf die Füße und stolperten aus dem Zimmer.
»Darian«, wisperte Melanie, »ich glaube nicht, dass sie ihr Versprechen halten werden.«
»Doch, das werden sie«, sagte Darian vergnügt. »Deshalb habe ich dich ja gefragt, ob sie Magie beherrschen.« Er hob seine selbstgeflochtene Tasche auf und stopfte ein paar Blätter und die Reste des Brotes hinein. »Diese Welt fängt an, mir zu gefallen.«
»Was hast du denn vor?«
»Das wirst du schon sehen.« Er ging hinaus und hüpfte leichtfüßig die Treppe hinunter. Melanie folgte ihm langsamer und kämpfte gegen das Gefühl an, von einer unwiderstehlichen Macht einfach überrollt zu werden. In den Fantasybüchern waren die außerirdischen Besucher immer damit zufrieden, sich zu verstecken und möglichst überhaupt kein Aufsehen zu erregen, bis sie still und heimlich wieder verschwinden konnten. Nie hatten sie sich in Prügeleien mit Eingeborenen eingelassen.
Aber Darian hatte keins der üblichen Fantasybücher gelesen und wusste daher ganz offensichtlich nicht, wie er sich zu verhalten hatte. Zehn Minuten später lag Max vor ihm im Matsch, schielend vor Wut, und schwor, Melanie, Sonja und all ihre Freunde und Verwandten zukünftig nicht mehr zu bedrohen oder zu belästigen. Sebastian und Stefan stimmten eilig zu, weil sie keine Lust hatten, ebenfalls von einem Dreizehnjährigen verdroschen zu werden.
Anschließend durfte auch Max wieder aufstehen. Noch bevor er sicher auf den Füßen stand, griff er nach der Peitsche, die über seinem Moped hing, und schlug damit nach Darian. Melanie schrie auf – aber gleich darauf schrie auch

Max, als die Peitsche nicht etwa Darian traf, sondern ihm selber einen blutigen Striemen ins Gesicht schnitt. Voller Wut schlug er noch einmal zu, und nun blutete auch die andere Wange. Er ließ die Peitsche fallen und presste die Hände auf die Wangen, während er Darian zu beschimpfen versuchte. Aber außer »Du – du –« brachte er nichts heraus. Und auch dieses Wort erstarb, als Darian eine leichte Handbewegung machte und die Peitsche in Flammen aufging. Innerhalb weniger Sekunden zerfiel sie zu Asche, die im Wind verwehte.

Die ›Hell's Devils‹ und auch Melanie waren stumm vor Schreck und Verblüffung.

Darian lächelte und sah plötzlich wirklich aus wie ein Prinz. »Und jetzt«, sagte er, »schlage ich euch ein Abkommen vor.«

Heimkehr

Das Gesicht des Spürers war ein Albtraum. Bisher hatte Sonja ihn für einen bösen, aber ansonsten normalen Menschen gehalten. Jetzt merkte sie, dass sie sich geirrt hatte. Das Gesicht war kalkweiß, die Haut dünn und trocken wie Pergament über die Schädelknochen gespannt, sodass der Kopf aussah wie der einer ausgebleichten Mumie. Ein paar dünne weiße Haarsträhnen hingen über seine Ohren, die spitz zuliefen wie in einer abscheulichen Elfenkarikatur. Aber an Gundar von Keban war nichts Elfenhaftes – und auch nichts Menschliches. Seine kalten, klauenhaften Hände nicht, die Sonja packten, ihr den Mund zuhielten und sie zu seinem Pferd schleiften, obwohl sie zappelte und schrie und um sich trat. Seine Kleidung aus schwarzen Fetzen nicht, die schlimmer roch als jeder Wolf. Und auch nicht seine Stimme, die wie geborstenes Eis klang.

»Du hättest dich nicht einmischen dürfen, kleines Mädchen. Ohne dich hätte ich es vollenden können.«

Sonja hatte keine Ahnung, wovon er redete. Eins aber wusste sie genau: wenn er sie jetzt wegbrachte, würde sie es nicht überleben.

Zwei Tage vorher wäre sie vor Entsetzen halb bewusstlos gewesen, eine leichte Beute, doch seitdem hatte sie viel gelernt. Sie wehrte sich aus Leibeskräften. Leider war sie in den zwei Tagen nur schlauer, aber nicht kräftiger geworden, und so hob er sie mühelos hoch und warf sie wie einen Sack über den Rücken seines Pferdes. Gleich darauf schwang er sich selber in den Sattel und nahm die Zügel auf.

Sonja holte Luft und schrie aus Leibeskräften. Das Pferd bäumte sich erschrocken auf, aber der Spürer zwang es sofort wieder herunter und verpasste Sonja eine harte Ohrfeige. »Das hast du dir selbst zuzuschreiben!«

Er wendete das Pferd und trieb es hart an. Rasch fielen die Geräusche des Kampfes hinter ihnen zurück, und der Wald sah ganz friedlich aus, als sei nie etwas Böses passiert. Morgennebel stieg zwischen den Bäumen auf, und der Himmel färbte sich grau. ›Elri‹, dachte Sonja. ›Lorin. Veleria. Und: Nachtfrost. Ich muss etwas tun. Ich muss ihnen helfen ...‹

Da merkte sie, dass das Amulett aus ihrem Hemd gerutscht war, als der Spürer sie geohrfeigt hatte. Es baumelte jetzt an der Kette und schlug dem Pferd gegen die Schulter. Und dort, wo es das dunkle Fell berührte, verfärbten sich die Haare, verdrehten sich und verschmorten. Und Sonja begriff, was sie zu tun hatte.

Sie schob den rechten Arm nach vorne und riss das Amulett von ihrem Hals, und ohne hinzusehen, schob sie den Arm zurück und drückte dem Spürer das Amulett fest gegen die Brust.

Er stieß einen schrecklichen Schrei aus. Das Pferd scheute, und diesmal bekam er es nicht unter Kontrolle. Es bockte heftig und warf sie beide ab. Beim Sturz schürfte Sonja sich beide Knie auf, aber darauf achtete sie gar nicht. Nur weg! Sie umklammerte das Amulett, rappelte sich auf und rannte den Weg zurück, den sie gekommen war. Hinter sich hörte sie das Gebrüll des Spürers, das voller Wut und Schmerz war. Er kam hinter ihr her! Sie stolperte über eine Baumwurzel, rappelte sich wieder auf und rannte weiter,

aber sie hatte keine Ahnung, wo sie war und ob sie wirklich zu den Tesca zurücklief oder nicht.
»Nachtfrost!«, schrie sie. »Nachtfrost!«
Ein Wiehern antwortete ihr, dann hörte sie donnernden Hufschlag, und Nachtfrost jagte zwischen den Bäumen heraus und auf sie zu. Abrupt blieb sie stehen. Das war nicht das starke, sanfte Tier, das sie kannte. Es war eine Naturgewalt aus Licht und Dunkelheit, die Zähne gebleckt vor Wut, das Horn gleißend hell. Aber die Wut galt nicht ihr, sondern dem Monster hinter ihr. Nachtfrost jagte an ihr vorbei, und sie wirbelte herum – gerade rechtzeitig, um zu sehen, wie der Spürer sich in Luft auflöste und wie Rauch verwehte.
Nachtfrost wieherte laut und zornig, wurde langsamer, fiel in Trab und blieb schließlich stehen. Irgendwo in der Nähe entfernten sich die Hufschläge eines durchgehenden Pferdes. Nachtfrost wieherte noch einmal, drehte sich um und trabte zu Sonja zurück. Als er vor ihr stehen blieb, sah sie Schweiß und Blut auf seinem Fell – aber er schien nicht verletzt zu sein. Sie schlang die Arme um ihn und brach in Tränen aus, aber er stieß sie ungeduldig mit dem Maul an. Sie löste sich von ihm. »Was ist? Was ist mit Elri und Lorin? Und Veleria? Sind sie in Ordnung?«
Er schüttelte wild den Kopf und schnaubte. Sonja schluckte hart, aber dann biss sie sich auf die Lippen. Elri, Lorin und die Tesca waren ihretwegen angegriffen worden. Sie war es ihnen schuldig, zurückzukommen und ihnen zu helfen – wenn sie auch nicht wusste, was sie tun sollte.
»Bring mich zurück«, sagte sie und griff in die silberne Mähne.
Als sie sicher auf seinem Rücken saß, trabte Nachtfrost los. Doch er hielt nicht auf das Lager der Tesca zu. Stattdessen

trabte er mit leichten, fast schwerelosen Schritten in den Nebel hinein, der zwischen den Bäumen aufstieg. Entsetzt begriff Sonja, was er vorhatte.

»Nein! Nachtfrost, bleib stehen! Ich kann nicht zurück! Ich muss wissen, wie es ihnen geht, und – bleib stehen!«

Er trabte jetzt schneller, als jedes sterbliche Pferd galoppieren konnte. Einen wahnwitzigen Augenblick lang überlegte Sonja, ob sie sich einfach fallen lassen sollte, aber ein warnendes Schnauben hielt sie davon ab. Nachtfrost fiel in Galopp. Der Nebel wurde dichter und verhüllte die Bäume, bis nichts mehr zu sehen war außer waberndem Grau. Auch die Geräusche des Waldes verstummten, und außer dem harten, dumpfen Schlag der Hufe war nichts mehr zu hören. Eine Sekunde lang klang der Boden hohl, als liefe Nachtfrost über Stein, und dann wurde er langsamer, trabte und blieb stehen. Sein Fell war struppig und grau, die Mähne fahl, das Horn verschwunden. Und Sonja trug wieder ihren alten blauen Pullover, die dunkle Reithose und ihre dreckverschmierten Reitstiefel. Der Nebel löste sich auf, und das Erste, was sie hörte, war das Motorengeräusch eines Autos, das auf der Straße näher kam, die sie gerade überquert hatten. Sie drehte sich um. Es war ein silberner Mercedes, der einen Pferdetransporter zog. Er brauste heran, war schon vorbei – und bremste plötzlich. Langsam setzte er zurück, bis er auf gleicher Höhe mit Sonja und Nachtfrost war, dann hielt er an. Eine blonde Dame in einem weißen Kostüm stieg aus und stakste durch das Feld auf sie zu. Dass sie dabei ihre hochhackigen Schuhe ruinierte, schien ihr ganz egal zu sein.

»Nero«, rief sie. »Nero!«

Auch Nachtfrost benahm sich plötzlich sehr merkwürdig. Er blieb stocksteif stehen, und ein Zittern lief durch seinen

Körper. Erschrocken streichelte Sonja seinen Hals. »Was ist denn? Was hast –«
Da setzte er sich wieder in Bewegung – so plötzlich, dass sie fast herunterfiel. Er trabte auf die Frau zu, blieb vor ihr stehen und rieb seinen Kopf an ihrem Kostüm, das sofort einen ganzen Schwung grauer Pferdehaare abbekam. Die Frau lachte, streichelte seine Stirn und klopfte ihm den Hals. »So, da bist du ja. Himmel, du siehst fürchterlich aus! Was hast du nur angestellt?«
Jetzt erst schien sie Sonja zu bemerken, die verwirrt und bestürzt auf dem Rücken des grauen Pferdes saß. Sie lächelte freundlich zu ihr hoch. »Bei dir muss ich mich wohl bedanken, dass du ihn eingefangen hast. Wie heißt du?«
»Sonja«, sagte sie leise. Das konnte doch nicht stimmen – wer war diese Frau? Warum tat Nachtfrost so, als ob er sie kannte?
»Was für ein netter Name«, sagte die Dame und zog ihr Portemonnaie aus der Tasche. »Du musst natürlich einen Finderlohn bekommen. Sagen wir zweihundert Euro? Ist das genug?«
Sonja starrte sie nur wie betäubt an. Zweihundert Euro – für Nachtfrost? Was sollte sie mit Geld? »Er heißt aber nicht Nero«, brachte sie heraus.
»Doch, so heißt er«, versicherte die Frau. »Ich sollte es wissen, schließlich habe ich ihn aufgezogen. Weißt du, wer ich bin?«
Sonja regte sich nicht. »Aruna?«, fragte sie sehr leise, zögernd und ungläubig.
Die Frau zog die Augenbrauen hoch, betrachtete sie einen Moment lang mit einem merkwürdig forschenden Ausdruck und schüttelte dann den Kopf. »Nun, das wohl nicht. Mein Name ist Waltraud von Stetten. Ich züchte Vollblüter,

und Nero ist einer meiner Hengste. Steig ab! Es wird höchste Zeit, dass ich ihn nach Hause bringe. Er sieht furchtbar aus.«

»Aber –«

»Glaubst du, ich erkenne mein eigenes Pferd nicht? Er ist vorletzten Mittwoch aus der Koppel entwischt. Du kannst übrigens froh sein, dass er dich nicht abgeworfen hat – normalerweise lässt er sich nur von mir reiten.«

»Aber –«

»Steig ab«, sagte Frau von Stetten in einem Ton, den Sonja zu oft von Erwachsenen gehört hatte, um noch einen Widerspruch zu wagen. Sie schwang das Bein über Nachtfrosts Kruppe und rutschte hinunter. Warum tat Nachtfrost nichts? Warum schnupperte er an den Händen und der Schulter der Frau, als sei sie ihm bestens vertraut? Er kümmerte sich überhaupt nicht mehr um Sonja, und als die Frau eine dicke Strähne seiner Mähne fasste und losging, trottete er neben ihr her, ohne sich auch nur einmal nach Sonja umzuschauen. Hatte diese Frau ihn etwa verhext?

»Nein!«, schrie sie. »Sie dürfen ihn nicht mitnehmen! Er gehört Ihnen nicht!«

»Aber dir gehört er?«, gab die Frau spöttisch zurück. »Wo willst du ihn unterbringen – in eurer Etagenwohnung im zweiten Stock? Deine Eltern wären sicher begeistert. Nein, bei mir ist er besser aufgehoben. Leb wohl, Yeriye Sonja.«

Sonja erstarrte. Die Frau führte Nachtfrost zu dem Transporter und öffnete die Klappe, während Nachtfrost ruhig neben ihr stand. Genauso ruhig schritt er dann in den Wagen hinein. Frau von Stetten schloss die Klappe, winkte Sonja noch einmal zu und stieg in ihr Auto. Sie ließ den Motor an, gab Gas und fuhr los.

Sonja erwachte aus ihrer Erstarrung. »Nein!«, schrie sie und rannte los. »Wer sind Sie? Kommen Sie zurück! Nachtfrost! Komm zurück!«
Der Wagen war schon weit fort. Und dann bog er um eine Kurve und war weg.

Verheult, verdreckt und völlig übermüdet kam Sonja zu Hause an. Sie wankte die Treppenstufen hoch, fummelte mit dem Schlüssel im Türschloss herum und zuckte heftig zusammen, als die Tür aufgerissen wurde. Doch es war nicht Paul, sondern Melanie, die »Sonja!« kreischte und ihr um den Hals fiel. Sie heulten beide los, und als Philipp aus dem Zimmer kam und Sonja an sich drückte, weinten sie noch mehr. Nachher war es ihr und Melanie ziemlich peinlich, aber in diesem Moment war es ihnen egal.
Anschließend ging Sonja unter die Dusche, und danach hockten sie zu dritt in Philipps Zimmer zwischen den Modellflugzeugen und erzählten sich gegenseitig, was sie erlebt hatten. Sonja dachte eigentlich, dass Philipp und Melanie ihr kein Wort glauben würden, obwohl sie ihnen das Amulett zeigte. Aber die beiden schienen genau zu begreifen, wovon sie redete. Und als sie ihr von Darian erzählten, saß sie mit offenem Mund da – nicht nur, weil sie sich plötzlich bestens zu vertragen schienen.
»Und er ist – er ist mit den ›Hell's Devils‹ weggefahren?«, fragte sie endlich ungläubig.
Melanie nickte zerknirscht. »Er sagte, er wollte nicht im Waldhof herumsitzen und darauf warten, dass du zurückkommst, weil du vielleicht überhaupt nicht zurückkommen würdest. Er hat sie erst besiegt und ihnen dann versprochen, ihnen irgendwelche magischen Tricks beizubringen. Und dann war er weg. Einfach so.«

»Genau wie Nachtfrost«, sagte Sonja leise und musste gleich wieder gegen die Tränen ankämpfen.
»Und wie du«, sagte Philipp. »Wir haben behauptet, du hättest von Sonntag auf Montag bei Melanie übernachtet. Und du hast unglaubliches Glück, es gab nämlich schon wieder einen größeren Notfall in der Klinik, und Mama und Papa sind erst gestern Nacht nach Hause gekommen und heute ganz früh wieder gefahren. Sie haben gar nicht gemerkt, dass du zwei Tage und Nächte nicht zu Hause warst, aber ich kann dir sagen, mir war ganz schön mulmig zumute. Ich schreibe dir eine Entschuldigung für die zwei Tage, aber wenn du nochmal verschwindest, tu es gefälligst in den Ferien.«
»Ich kann ja gar nicht verschwinden.« Sonja schniefte. »Nachtfrost ist weg. Aber die Frau – die wusste Dinge über mich, die ich ihr nicht gesagt hatte! Sie wusste über unsere Wohnung Bescheid und nannte mich Yeriye Sonja ... das heißt Weißhaut. So haben mich die Elarim auch genannt.« Sie wischte sich die Tränen von der Wange. »Was mache ich denn jetzt? Ich muss ihn doch wiederfinden!«
»Zu blöd, dass du dir das Kennzeichen nicht gemerkt hast«, sagte Philipp. »Im Telefonbuch steht diese Waltraud von Stetten mit ihrer Vollblutzucht jedenfalls nicht. Wenn sie auch nicht im Internet zu finden ist, wird es schwierig; dann müssen wir uns etwas anderes überlegen.«
»Uns fällt schon etwas ein«, sagte Melanie zuversichtlich.
Sonja schniefte. »Wollt ihr mir denn helfen?«
»Was heißt ›dir helfen‹?«, sagte Philipp. »Wir drei stecken bis zur Halskrause gemeinsam drin, liebe Schwester, und wir helfen uns gegenseitig.« Er grinste. »Ich freu mich schon.«

ENDE

Umschlaggestaltung von Groothuis, Lohfert & Consorten, Hamburg, unter Verwendung von Fotografien von Archiv Boiselle/Edition Boiselle, Speyer und Fotolia.de

Illustrationen (Karte) von Astrid Vollenbruch

Bibliografische Information der Deutschen Nationalbibliothek:
Die deutsche Nationalbibliothek verzeichnet diese Publikation in der Deutschen Nationalbibliografie; detaillierte bibliografische Daten sind im Internet über http://dnb.ddb abrufbar.

Dieses Buch folgt den Regeln der neuen Rechtschreibung.

ISBN 978-3-440-10846-8
Redaktion: Claudia Steinke
Gestaltung und Layout: Ralf Paucke
Printed in the Czech Republic / Imprimé en République tchèque

NAYIGA
ISSE
DUNARTAN
Ava
P
ELDIA
Nepe
A
ALDUAS
Teshante
TESCA
Winterlager
Kristall-
wald
Chiarron
DUNTALYE
Elarim
Pilzwald
NEBELMEER
[DAS VERSUNKENE
N
W
O
S